Sylvie Arditi

Bontés Violentes

Nouvelles

troisrouges.com

ISBN: 9791096212019

A Lily

Il y avait eu un changement de chauffeur à Hendaye, puis un autre à Valladolid. Marisol avait essayé à maintes reprises de surélever ses pieds boursouflés en calant ses genoux contre le dossier du siège de devant, mais celui qui l'occupait, un bonhomme dont la barbe avait poussé de façon spectaculaire depuis Paris, lui avait lancé des regards furibonds puis des insultes. Elle s'était endormie plusieurs fois et autant de fois réveillée avec la sensation du coude de sa voisine pénétrant ses côtes, signe qu'elle ronflait. Avec les passagers du car, elle fut enfin jetée sur un parking poussiéreux dans une aube étouffante. Heureusement, quelques taxis attendaient et comme Marisol avait été dans les premières à récupérer ses bagages, elle put en avoir un. Le chauffeur sentait l'eau de toilette bon marché et la sueur. Des auréoles grandissaient sur le drap bleu de sa chemise. Elle lui indiqua le nom de son village. Il se lança dans une polémique sur la gestion gouvernementale des eaux et de l'électricité et Marisol fut presque étonnée de comprendre son accent où des pans entiers de mots étaient comme brûlés. C'était pourtant l'accent de son enfance, mais son enfance était loin. À présent, elle rêvait en français. Elle allongea discrètement ses jambes sur la banquette et fut effrayée à la vue de ses chevilles enflées. Dans quelques instants, elle pourrait se reposer dans le potager, à l'ombre du grand olivier, sur sa pierre, si elle était toujours là. Ça faisait des années qu'elle ne s'était pas reposée. Elle somnolait quand le chauffeur fit claquer la portière pour aller prendre ses bagages dans le coffre. Il annonça le prix de la course. C'était presque autant que le trajet en car depuis Paris.

Le chauffeur pestait contre le poids des valises qu'il porta jusqu'au pas de la porte de la maison, Marisol cligna des yeux et se fit une casquette de sa main pour scruter le paysage. Son cœur fit un bond à la vue d'une silhouette noire qui claudiquait dans les environs du puits.

« Mama ! » cria-t-elle.

Elle s'élança sur ses jambes douloureuses. Quand elle fut près d'elle, la vieille dame la regarda comme si elle l'avait vue la veille.

« Te voilà, toi », dit-elle d'un ton de reproche.

Ses doigts tordus serraient l'anse d'un seau métallique plein d'une eau dont elle s'arrosait les pieds.

« Pousse-toi, la Française, tu vas me faire tomber.

— Je vais le prendre, Mamita.

— Penses-tu ! Regarde-moi tes mains de princesse, elles ont tout juste la force de tourner un robinet.

— Mama ! Ce n'est pas à toi de faire ça ! Irène n'est pas là ? »

La vieille femme désigna la maison du menton. Elle protesta quand sa fille lui prit le seau des mains. Le soleil de dix heures avait chauffé l'anse qui était brûlante, l'eau pesait lourd et ses pieds la faisaient souffrir. Marisol s'empêtra dans le rideau de franges de plastique colorées et pénétra épuisée et furieuse dans la maison.

Sur la table où elle avait passé son enfance, sur la toile cirée qu'elle avait offerte à sa mère lors de sa dernière visite cinq ans auparavant, une jeune femme tournait les pages d'un magazine.

« Irène ? demanda-t-elle dans le tintamarre de ferraille que fit le seau en atterrissant sur le carrelage.

— Mm mm, répondit la jeune femme sans lever les yeux.

— Est-ce que je peux savoir pourquoi ma mère doit aller elle-même au puits ?

— Parce que ça lui plaît », fit Irène dans un haussement d'épaule.

Marisol avisa deux tasses et deux assiettes sales dans le vieil évier craquelé.

« Et ça ?

— Il n'y avait plus d'eau. »

Irène ferma le magazine et passa le rideau de franges en chaloupant, ses tongs claquant sur ses talons bronzés, elle disparut dans une tache de soleil.

Deux jours plus tard, les bras chargés de draps mouillés, Marisol s'arrêta un instant pour observer sa mère avec tendresse. En cinq ans, le dos de Mamita s'était coudé comme la poignée d'une canne. Elle se dirigeait vers le potager d'un pas aussi résolu que lui permettait sa posture. Assise sur la pierre plate - la pierre de Marisol ! que son père avait fait porter là par la mule, pour elle ! - Irène l'interpella joyeusement.

« Hey, la vieille, je suis là ! »

Mamita lui adressa un signe et prit un outil contre un mur qu'elle traîna jusqu'à un carré de terre aride. Marisol ne distinguait pas ce que les deux femmes se disaient, mais elle les entendait rire. La vieille souleva haut sa bêche et Marisol craignit qu'elle ne s'abatte sur sa tête au lieu de retomber au sol. Malgré la chaleur, elle sentit le froid glacial de l'eau qui imprégnait les draps se communiquer à ses os. Elle hurla.

« Irène ! »

L'interpelée ne répondit pas. Elle reçut le paquet de linge mouillé sur les genoux.

« Va étendre ça.

— Hey ! » fit la jeune femme en se levant.

Les draps roulèrent dans l'ocre de la terre.

« Ramasse !

— Vous êtes folle ! dit Irène en riant. Ça ne fait pas trois jours que vous êtes là et vous les avez déjà lavés deux fois ! Si vous aimez ça, comme vous aimez vous traîner à quatre pattes sous les fourneaux et les lits à la recherche d'une poussière imaginaire, libre à vous. La propreté, votre mère, elle s'en fout. Tout ce qu'elle veut, c'est parler, parler, parler. N'est-ce pas Dolores ?

— On parle », approuva la vieille.

Marisol ne dit rien. Irène continua à rire.

« Vous croyez qu'il vous suffit d'arriver pour que le monde entier danse sur votre chanson ? »

Quand l'ombre des plants de tomates s'étira jusqu'à la barrière, l'ombre de la barrière jusqu'au citronnier et l'ombre du citronnier jusqu'à la maison, Mamita s'assit sur un trépied dehors pour regarder les poules passer. Dans l'ombre poisseuse de la cuisine, les mouches se battaient à grand bruit pour les résidus collés sur la toile cirée. Sous le regard d'une Vierge punaisée au-dessus du buffet - qu'elle lui pardonne - , Marisol donna son congé à Irène. En empochant l'argent tendu, la jeune fille lui souhaita ironiquement « Bon ménage ! ». Marisol ressentit un soulagement intense car avec elle s'en irait sa colère, cette colère qui ne l'avait pas quittée depuis son arrivée et qui n'était pas elle. Délestée de l'objet de son ressentiment, le cœur gonflé d'amour, elle sortit.

« Qu'est-ce qui lui prend ? marmonna Mamita en désignant d'un doigt déformé la silhouette qui s'éloignait. Elle est bizarre. Elle s'en va. »

Marisol s'accroupit et posa la tête sur les genoux de sa mère qui lui tapota le front. Elle fut frappée par l'odeur désagréable de la robe noire qu'elle avait pourtant lavée la veille. Elle se promit de la lessiver à nouveau.

« Ne t'inquiète pas, je vais te trouver quelqu'un de bien. Quelqu'un de vraiment bien. Et en attendant, je vais te dorloter » dit-elle.

Elle profita de la caresse de la main dure sur sa joue, s'y frotta comme un petit chat. La vieille se mit à fredonner un air triste, une plainte qui roucoula dans sa gorge et c'était un moment d'abandon si rare que sa fille pouvait les compter sur les doigts d'une main depuis son enfance.

***

« Mama où vas-tu ?

— Aux poules, pardi. »

Depuis le départ d'Irène, dès que Mamita bougeait, Marisol bondissait.

« J'ai déjà ramassé les œufs. Reste assise.

— J'ai oublié de m'asseoir depuis que je sais me tenir sur deux pattes », protesta la vieille.

Dans le débarras, Marisol trouva la vieille chaise longue en paille sur laquelle le citronnier jetait à présent son ombre acidulée. Elle décréta que sa mère devait se reposer. À force de cajoleries, l'indocile vieillarde accepta de s'y étendre, mais chaque fois qu'elle était de retour de la rivière, du poulailler, ou d'une course au hameau, Marisol trouvait la chaise vide. Elle défaillait alors ; son cœur pompait toute sève pour battre follement. Mamita était rarement plus loin que devant un sillon de patates, ou vers le poulailler, mais l'imagination de sa fille produisait ces images funestes : son corps agonisant, son col du fémur brisé, sa tête contre une pierre. Jusqu'au jour où ses craintes furent fondées : Mamita était tombée derrière la maison. Un jeune chien qui traînait souvent dans les parages lui donnait des coups de museau et faisait mine de s'éloigner en regardant, plein d'espoir, si elle le suivait. La vieille le haranguait « Qu'est-ce que tu crois, polisson, vagabond, tu crois que tout le monde est jeune comme toi ! »

Elle la souleva, la berça. Ses bras de travailleuse portant le vieux corps vers la maison, Marisol se lamenta :

« Qu'est-ce que tu me fais ! Tu es pire qu'une enfant ! Il faudrait t'attacher ! »

Et c'est ce qu'elle fit. Dès lors qu'elle devait s'éloigner, elle décrochait de son clou le licol qui servait autrefois à attacher la mule. Il fallait serrer suffisamment, mais sans lui faire mal. En général, la vieille gigotait puis finissait par se calmer sous les cajoleries de sa fille.

« Je vais en ville, dit Marisol un jour. À mon retour, nous irons toutes les deux voir tes tomates, d'accord ?

— Si tu le dis », répondit la vieille en haussant les épaules.

Dans le dos de sa fille, elle fit une grimace puis lui cria :

« Et si j'ai envie ? »

Déjà loin, Marisol désigna son propre bas-ventre « Fais, je t'ai mis ce qu'il faut. »

Elle marcha jusqu'au hameau, prit un bus à la trajectoire compliquée qui la mena à un autre arrêt où elle attendit vingt minutes avant d'être déposée devant la mairie. Au guichet, un préposé dessinait des carrés sur la une d'un journal.

« Señor, pardon de vous déranger, je cherche à employer une personne pour s'occuper d'une dame âgée. »

L'homme s'empara d'un gros registre et fit courir son doigt sur des pattes de mouches bleu marine.

« Il y a une annonce. »

Sur un papier quadrillé, il nota *Irène Delara* avec un numéro de téléphone. Marisol remercia et froissa discrètement le papier avant de le fourrer dans son sac.

« Autre chose señor, on m'a dit que l'eau courante avait été installée dans le hameau de Paséon.

— Oui, señora, depuis l'année dernière ainsi que l'électricité.

— L'électricité ! Ma mère vit à cent cinquante mètres de là, dans une maison isolée vers le pont. Si elle pouvait être raccordée à l'eau… et aussi à l'électricité, bien sûr. C'est une vieille dame.

— J'ai compris. Ma propre mère habite le hameau. À présent, elle a les toilettes, la douche, nous allons acheter une machine. L'essorage à mille six cents tours est plus cher, je ne sais pas si c'est nécessaire…

— Ici ça sèche bien dehors. Pour le raccord, c'est à vous que je dois m'adresser ?

— Au Maire. Il sera là mercredi.

— Oh, pas avant une semaine ! se désola Marisol.

— Je note le rendez-vous ? »

En sortant, elle fit passer le petit papier froissé de son sac à une poubelle.

***

Il arriva un jour où, Marisol, rentrant d'une course et ayant détaché le licol, Mamita refusa de se lever. La lanière serpenta dans la poussière. La vieille resta allongée le regard fixe. À tous les arguments, elle répondit « À quoi bon » et quand sa fille lui tira le bras, elle hurla.

Marisol s'alarma. Elle se sentit très seule et pensa appeler un docteur mais observant que sa mère ne souffrait en rien, elle se rassura : Mamita profitait de sa présence pour se reposer, voilà tout ! N'était-ce pas ce qu'elle, Marisol, avait désiré ? Elle put dès lors vaquer à ses occupations sans trembler à chaque instant. À voir sa mère si calme sous le citronnier, la maison propre, les choses rangées, tout à sa place, une grande fierté remplaça bientôt l'inquiétude de son cœur. Certaines fois, entre deux lessives, elle prit même le temps de s'asseoir au pied de la chaise longue. Elle raconta les commerces de l'avenue Victor Hugo à Paris, où elle exerçait comme gardienne d'immeuble avec son mari. Elle passa sous silence l'ingratitude de son quotidien, et fit mousser la crème des pâtisseries fines, l'allure militaire des garçons du Bistrot de la Pompe ; elle énuméra la panoplie de vaisselle que nécessitait le service d'un seul café, évoqua l'incroyable dispositif de repassage à vapeur dont disposaient les pressings du quartier...

« Eh bien, conclut la vieille avec lassitude, tout ce tintouin. Et pour quoi ? »

À quatre kilomètres de là, la ferme où vivaient les Alonso était un autre monde. Le lundi suivant, Marisol pénétra dans leur cuisine moderne, dont les stores électriques baissés préservaient la fraîcheur. Une machine à laver finissait son programme essorage en faisant des petits bonds joyeux. Pilar

Alonso embrassa chaleureusement Marisol et lui proposa une boisson fraîche et gazeuse sortie du frigo. Marisol l'accepta, heureuse d'oublier la tiédeur caverneuse de l'eau du puits.

« Aïe, laissa-t-elle échapper en s'asseyant lourdement, je donnerais dix ans de ma vie pour faire une lessive dans une machine.

— Quelle misère que ta mère ne se soit pas occupée plus tôt de moderniser. Quand Peppo était encore en vie.

— Quand il était en vie, paix à son âme, soir après soir, il a bu la machine à laver. J'ai été à la mairie. Je ne sais pas pourquoi ils ont installé l'eau et l'électricité dans le hameau et pas chez nous. Il faudrait tirer les tuyaux un peu plus loin. Est-ce que ça se fait de laisser les vieilles gens isolés, vivre comme au Moyen Âge ?

— Je m'étais renseignée, dit Pilar. Ils pensent que tôt ou tard, ces vieilles maisons insalubres seront rasées. Ils estiment que c'est à perte qu'ils tireraient les canalisations jusque-là. Des maisons qui n'ont même pas le tout-à-l'égout ! »

La sensation de bienfait que lui avait procuré l'arrivée dans cette cuisine moderne et jolie se mua en angoisse de savoir ce bonheur à jamais inaccessible à sa mère. Marisol porta la main à son cœur qui palpitait de chagrin. Pilar le lui assura :

« Le rendez-vous à la mairie est peine perdue, ou alors l'installation sera à tes frais. »

Tout ce qu'elle pouvait payer en se saignant, c'était une aide ménagère. Et elle n'en trouvait pas.

« Pilar, as-tu demandé à Marie-Carmen si elle connaissait quelqu'un ? »

Pilar était une femme de soixante-dix ans, que son dynamisme et sa teinture de cheveux faisaient paraître plus jeune. Elle alluma une cigarette en faisant signe de se taire à Marisol tout en montrant, vers la fenêtre, la direction du champ dans lequel son mari était en train de tailler les vignes.

« José ne sait pas que je fume. Oui, j'ai demandé à Marie-Carmen, j'ai demandé à la terre entière ! Toutes les jeunes sont parties à la ville, et même les moins jeunes. On s'enterre ici, les hommes sont tous des rustres. À Madrid, elles espèrent tomber sur des messieurs plus raffinés. C'est une grande cause de la désertification des campagnes. »

Le téléphone sonna, Pilar se leva pour répondre. Elle bavarda à propos d'une commande de vin, raccrocha.

Marisol pleurait des larmes acides, pétillantes, qui faisaient mal à sortir.

« Comment je vais faire ? Je dois rentrer dans deux semaines… »

Pilar lâcha sa cigarette dans son verre encore plein qu'elle repoussa au cœur d'un tournesol de la toile cirée .

« Il reste Irène…

— Jamais de la vie ! s'écria Marisol.

— Ta mère l'aime bien… »

Elles furent interrompues par deux grands coups sur la grille métallique qui servait à décrotter les chaussures sur le perron.

« José », fit Pilar en se levant précipitamment pour faire disparaitre son mégot dans la poubelle.

Un gaillard grisonnant entra. La journée qu'il avait passée dehors ramena dans ses embrassades l'odeur métallique légèrement acide de ses outils.

« Alors, demanda-t-il en attrapant une bière dans le frigo, quelles nouvelles de la vieille carne ?

— Qu'est-ce que je te disais, fit Pilar, écoute-le parler des femmes ! »

En sentant le rire l'envahir, Marisol mesura à quel point elle était fatiguée, elle eut une envie folle de rester là, à se laisser bercer par un confort et des esprits modernes, mais elle pensa à Mamita et annonça qu'il était temps de rentrer.

« Au revoir ma jolie, dit Pilar en l'embrassant. Viens à la messe dimanche, je pourrai te conduire en voiture.

— Merci, dit Marisol, mais je ne veux pas laisser si longtemps Mama.

— Une façon élégante de te dire qu'elle a rompu avec toutes ces sornettes dont tu raffoles, coupa José.

— Mais non, bafouilla Marisol, j'ai grand besoin de protection divine… je…

— José, tu n'as qu'à aller en enfer si tu veux être débarrassé de nous ! dit Pilar. À la messe, il y aura Consu. Elle a des relations dans la gérontologie. Elle connait peut-être quelqu'un…

— L'Église, fit José avec ironie en vidant son verre. Pour se faire des relations au Ciel comme à l'Asile.

— Depuis qu'il sait qu'il vient d'une famille de marranes, confia Pilar en aparté, il ne respecte plus rien. »

Le mercredi suivant, à neuf heures, le préposé à la mairie conduisit Marisol dans une pièce sommairement meublée d'une table en formica et de deux chaises en bois. Après une poignée de main moelleuse, le maire en personne la fit asseoir en multipliant les galanteries. Son visage rond et jovial montra des signes d'affectation réelle quand elle dépeignit les conditions dans lesquelles sa mère vivait. Il l'écouta longuement et offrit de la reconduire.

« Tu as trouvé un fiancé ? » lança une voix de sous le citronnier.

Marisol se confondit en excuses mais le maire prit la main de Mamita qu'il baisa en lui assurant qu'il les aurait épousées toutes deux s'il n'était déjà fort bien marié.

Il scruta l'horizon pour jauger la distance avec la dernière maison équipée, puis il complimenta ces dames sur leur courage et leur café dont il vida deux tasses. Il prit congé en promettant de faire tout ce qui était en son pouvoir.

« Non, Mama, ce n'est pas mon fiancé », soupira Marisol en regardant la fourgonnette s'éloigner.

Le dimanche, dans l'après-midi, un point mouvant se déplaça sur la route et grossit jusqu'à devenir la petite Hyundai gris anthracite de Pilar Alonso. Une fois garée, sa silhouette svelte s'engagea d'un pas énergique dans l'allée. Ses cheveux noirs soigneusement bouclés sautaient sur son crâne. Elle était très bien habillée.

« Tu as raté à l'église, dit-elle, quel sermon ! Ce nouveau prêtre est parfait ; il est affreux et très inspiré ; les femmes n'ont rien perdu et les âmes y ont gagné. Où est la vieille, à l'intérieur ? »

Dans le petit salon attenant à la cuisine, Mamita ronflotait, les lèvres entrouvertes. Pilar plaqua une main sur sa bouche .

« Mon Dieu, je ne l'ai jamais vue comme ça ! D'habitude elle court partout, on ne peut pas la suivre !

— Elle accepte enfin de se faire dorloter, dit Marisol avec tendresse. Au fait, as-tu demandé à Consu ? Est-ce qu'elle connaît quelqu'un ? »

Pilar secoua la tête d'un air navré. Marisol se mordit la lèvre avant de sourire.

« Heureusement, il n'y a pas que de mauvaises nouvelles. Le maire va s'occuper du raccordement à l'eau et à l'électricité.

— Splendide ! »

Le bruit réveilla Mamita. Elle dévisagea Pilar d'un air hagard. Marisol redressa vivement son coussin.

« Aïe, fit Mamita.

— As-tu besoin de quelque chose ? »

Mamita la fit déplacer trois fois. Une pour un verre d'eau, l'autre pour un mouchoir, la troisième pour un pot de crème pour les mains qu'elle croyait être sur sa table de nuit.

« Ma pauvre Dolores… compatit son amie en se penchant vers la vieille dame.

— J'ai les pattes comme de la laine, expliqua Mamita. Je ne sais pas ce qui m'arrive. D'un coup. C'est comme si on m'avait volé quelque chose dans les jambes. De la laine…

— Montre-moi ça. »

En soulevant la lourde toile de la jupe, à la vue des cuisses de Mamita qui n'étaient pas plus épaisses qu'un os de dinde, Pilar tenta de cacher sa frayeur.

« En tout cas, je ne t'ai jamais vue aussi propre, plaisanta-t-elle. On dirait une poupée régionale qui sort du magasin. »

Discrètement, elle toucha ses propres cuisses pour constater qu'elles étaient toujours bien rembourrées. Elle regarda autour d'elle. Tout était propre. Impeccable. Elle en ressentit une pointe de jalousie.

« Heureusement, dit-elle en parlant fort, comme si avoir perdu de la cuisse avait aussi fait perdre l'ouïe à la vieille dame, heureusement, ta fille est là. Elle s'occupe bien de toi, c'est une sainte !

— Penses-tu, se plaignit Mamita, une sainte ! Il faut voir avec quelle arrogance elle a jeté la petite dehors !

— Irène, dit Pilar, il valait mieux qu'elle s'en aille…

— Avec Irène, je peux m'occuper ! Pas comme avec (elle eut un geste du menton vers la porte) le général Franco. Sais-tu ce qu'elle fait ? Elle m'attache comme une mule.

— Ne dis pas de bêtises Dolores ! dit Pilar. Ta fille te dorlote comme tout. Si j'en avais une comme ça…

— Il est temps qu'elle parte. Je ne comprends rien aux dates, mais ça va bien ! Elle va retourner dans son monde de luxe et de fers à vapeur et Irène reviendra, comme d'habitude. »

Sur le point de partir, Pilar trouva Marisol en pleurs dans la cuisine :

« Tu l'as entendue ? Elle me tue. Toujours à m'appeler pour un oui ou pour un non. À ses cris, je crois toujours qu'elle meurt, je laisse tout tomber, j'ai même laissé des draps filer à la rivière, et quand j'arrive, elle veut des pistaches ou… que je retourne son oreiller…

— Oui, dit Pilar. Mais… tu ne trouves pas ça bizarre qu'elle ne marche plus ?

— Moins bizarre que de grimper aux échelles à quatre-vingt deux ans… répondit Marisol en se mouchant.

— Je pourrais appeler un médecin si tu veux.

— Non, elle va très bien. C'est elle qui m'enterrera. J'ai un mal de dos à la porter tout le temps !… »

Du salon, elles entendirent crier :

« Marisol ! »

Le maire tint promesse. Un matin des ouvriers vinrent, munis de pioches et de tout un assortiment de tuyaux. Ils râlèrent à qui mieux mieux à propos des difficultés qu'entraînaient ce raccordement tardif.

« On fait tout à l'envers par ici, dit celui qui semblait être le chef. C'est le malheur.

— Pense si c'était pour ta mère », lui dit un de ses gars.

Tout le temps que dura leur labeur dans la pierraille, qu'ils saignèrent sur cent cinquante mètres de long jusqu'à la première maison du hameau, suant comme des boeufs, Marisol les invita dans sa cuisine, et leur servit à boire et à manger plusieurs fois par jour.

« Nous allons avoir l'eau, chantait-elle toute joyeuse. Est-ce vous également, qui nous reliez à l'électricité ?

— Quelle électricité ? » fit le chef la bouche pleine.

Mamita surveilla les opérations d'un air contrarié et prit à témoin chaque ouvrier qui s'aventurait à portée de sa voix.

« Quatre-vingts ans que je vis très bien comme ça, c'est pas la peine de nous déranger ! »

Quand le fracas des outils cessa, un petit robinet rutilant était apparu sur un flanc de la maison. Il crachota un filet brun pendant quelques jours avant que Marisol pût en tirer quelque chose qui ressemblât à de l'eau.

***

Le temps fila et avec angoisse, Marisol vit le jour de son départ arriver. Chez Pilar, debout devant une console de bois, elle téléphona à son mari, pour lui annoncer en tremblant que l'état de sa mère, joint à l'état de désertification des campagnes, faisait qu'elle ne pourrait pas rentrer dans trois jours comme prévu. Elle devait rester, jusqu'à ce qu'elle ait trouvé quelqu'un de bien. Pilar, faisant mine de débarrasser les tasses, essayait d'entendre ce que hurlait la grosse voix à travers le combiné. Quels étaient ces mots qui faisaient blêmir Marisol ? Celle-ci parlementa puis finit par répéter « Oui, oui... comme tu veux, je vais me débrouiller ». Quand elle raccrocha, ses lèvres étaient incolores. Pilar la prit dans ses bras. Elle pleura tant qu'il se passa une minute avant qu'elle puisse hoqueter :

« Il a besoin de moi... il... il ne sait pas faire à manger... le pauvre, et il n'a plus un slip de propre... Quant au ménage de l'immeuble... je n'ose pas y penser... il faut que je rentre...

— Ça c'est ce que tu dis mais lui, qu'est-ce qu'il dit ?

— ... ça suffit les vacances... fini de se prélasser... »

Elles se mirent à rire toutes les deux. Puis, d'un ton ferme, Pilar dit :

« Irène. »

Marisol s'est agenouillée devant la Vierge qui, punaisée, regarde, au-delà du plafond les cieux purs où siège toute chose, toute pensée miséricordieuse. Elle lui parle comme à une amie. Elle s'excuse de n'avoir pas pu aller à la messe depuis son arrivée ici. Elle la prie de protéger sa mère qui, au même instant, l'appelle depuis l'autre pièce « Marisoool ! ». Elle hâte sa prière.

« Marie pleine de grâce le Seigneur est avec vous vous êtes bénie entre toutes les femmes et Jésus le fruit de vos entrailles est béni pardonnez à Mama son mauvais caractère et merci, merci de me donner la force de l'aider et de lui faire la vie plus douce merci d'avoir voulu qu'Irène cette mauvaise soit partie pour Burgos prendre un poste de serveuse autant dire de traînée et pardonnez-moi d'avoir été faible et d'avoir cédé à la tentation de la rappeler. Mais maintenant que vous avez fait tout ça ne m'abandonnez pas je vous en supplie… oh… s'il vous plaît. »

Elle ne sait pas quoi demander de précis, elle se contente de regarder la Vierge, le cœur vibrant d'une espérance innommée et miraculeuse.

Plus tard, au salon, Marisol était en train d'éventer la vieille qui ne cessait de râler « Tu ne fais pas plus de vent que la queue d'un chien », quand une grande femme apparut sur le seuil, demandant d'une voix douce si c'était bien ici la maison de la señora Sanchez. De l'eau bouillait dans une lessiveuse, auréolant son apparition d'une brume céleste. Elle venait de la part de Consuelo Pereira, pour la place. Marisol jeta un regard en direction de la Vierge dont le visage dissimulé par la buée n'en exprimait pas moins de sainteté. Ses lèvres murmurèrent « Merci ».

La dame se débarrassa de sa veste, qu'elle plia soigneusement sur une chaise, et enfila une blouse bien repassée qu'elle tira de son sac en proposant de montrer comment elle travaillait.

« C'est qui celle-là ? » ronchonna Mamita alors que la grande femme avançait vers elle en rajustant une épingle dans ses cheveux gris impeccablement tressés.

« Je m'appelle Angelika, señora Sanchez. Si vous voulez à présent, je vais vous aider à faire votre toilette, me permettez-vous de soulever votre jupe ? »

Mamita bougonna mais se laissa faire. Angelika avait une voix douce, berça la vieille dame de paroles courtoises tout en la lavant avec adresse. Ses paroles berçaient tout aussi bien Marisol, qui éprouva subitement une grande fatigue, la fatigue de ceux qui sont enfin arrivés à destination.

« Quel est votre tarif mensuel, Angelika ?

— Celui qui vous conviendra, dit Angelika. Je ne fais pas ça pour l'argent. »

Elle pris Mamita par le bras pour la faire lever.

« Allez, venez señora Sanchez. Sortons un peu.

—Non ! s'interposa Marisol. Elle ne peut pas marcher. Il faut la porter. »

Angelika haussa l'un de ses sourcils, dont la courbe harmonieuse était un contrepoint parfait à son menton fort et volontaire.

« J'ai les jambes comme de la laine, expliqua Mamita.

— Mais, est-ce que si…

— Non, coupa Marisol.

— Bien. »

Angelika souleva Mamita et la porta dehors.

La femme comprit d'instinct ce qui était attendu d'elle. La journée qu'elles passèrent ensemble avant le départ de Marisol fut une journée de rêve où la fille put goûter au repos de l'esprit comme à celui du corps. Allongée sur la chaise longue de sa mère, à l'ombre du citronnier, elle se laissa servir une infusion. Il lui tardait presque d'avoir un âge canonique pour se faire dorloter par une telle femme. Ce fut un des grands moments de son existence et elle se sentit en veine d'en raconter d'autres.

« Mon mari m'a emmenée dans le plus grand hôtel de Monte-Carlo, sur la Côte d'Azur française, le cendrier était si beau, tout en cristal, qu'il a cru que c'était une assiette, il s'est servi dedans. »

Elles avaient ri et, alors qu'il sembla à Marisol qu'elles avaient passé la journée à bavarder, un panier d'œufs rempli trônait dans la cuisine, le poulailler avait été balayé, le linge, d'un blanc surnaturel, plié et repassé comme dans une blanchisserie ; les placards dépoussiérés exhalaient un parfum de lavande, une tortilla dorée reposait sous une gaze qui la protégeait inutilement des mouches puisque celles-ci, soumises au bien-être général, se contentaient de voleter de-ci-de-là sans grande nervosité. Quant à Mamita, elle semblait un bouton de rose tant sa peau avait été briquée dans le baquet parfumé. Ses mains reposant sur sa jupe noire étaient si propres qu'elles avaient bien l'air de vieilles mains, mais neuves.

« D'où sort une telle fée ? soupira Marisol. Vous êtes de la région ?

— De Valladolid, répondit Angelika.

— Vous y avez de la famille ?

— Ma famille, ce sont les personnes avec qui je travaille.

— Juste avant, c'était qui ?

— Une femme extraordinaire. Elle était poète. Une dame qui écrivait de très belles choses.

— Il a dû lui être facile de vous écrire une lettre de recommandation !

— Je n'en ai pas demandé.

— Apportez-moi du papier, s'emballa Marisol, je vais vous en écrire une ! Même si je ne suis pas poète et que mon espagnol est pire que tout ! Ah non ! Je suis bête, n'allez rien chercher du tout, il n'est pas question que vous alliez travailler ailleurs ! »

Le lendemain, Marisol serra ses dernières affaires dans ses valises qu'Angelika porta dehors où le même chauffeur de taxi qu'un mois auparavant attendait en suant dans la même chemise, moteur ronflant. La fille fit une rapide génuflexion devant la Vierge, puis elle entra dans le salon où sa mère, reluisante, se laissa embrasser sans joie.

« Prends soin de toi Mama, j'économiserai pour revenir bientôt, je...

— Tu vas rater ton car », grommela Mamita.

Marisol se détourna. Elle avait autant de chagrin que de hâte à passer le rideau de franges.

Quand elle fut partie, Angelika tapa dans ses mains.
« Señora Sanchez, nous allons nous lever et aller tranquillement admirer vos tomates. Votre fille les a bien soignées, elles sont magnifiques.

— Pf, fit la vieille, penses-tu, j'ai les pattes comme de la laine, elles ne valent plus rien, je ne sais pas ce qui s'est passé. J'avais des jambes, à présent, c'est de la laine...

— C'est une question de muscles, señora. À passer votre temps allongée, ils ont fondu. On va marcher chaque jour et ils auront tôt fait de revenir.

— Tu crois ça, toi ? » fit Mamita dubitative.

Ce disant, elle s'agrippa au bras d'Angelika et fit un grand effort pour se lever. Ses genoux se dérobèrent, la femme la retint et elles firent un pas, deux pas, puis trois…

Lorsqu'elles furent presque au potager, le taxi reparut sur le petit chemin. Angelika se raidit : les pneus patinèrent sur la pierraille du terre-plein, la portière claqua, Marisol se précipita sur elle.

« C'est bien ça ! Vous avez attendu que j'aie le dos tourné, pour n'en faire qu'à votre tête ! »

Le chauffeur sortit de la voiture.

« Alors, señora, il est où est votre sac ?

— Attendez ici ! lui cria Marisol.

— Señora, dit Angelika, il faut faire marcher les personnes âgées !… Sans exercice physique…

— C'est comme ça que vous les tuez ! Je parie que tous les gens dont vous vous êtes occupés sont morts ! N'est-ce pas ? »

Elle hurla :

« Ils ne vous ont pas fait de lettre de recommandation parce qu'ils sont tous morts ! Partez ! ».

« Je suis désolée », dit Angelika à Mamita en lui lâchant le bras.

Elle s'éloigna en retirant soigneusement sa blouse.

Angelika sortit de la maison avec son petit bagage, Mamita était de retour sur sa chaise longue.

Marisol fourra de force quelques pesetas dans la poche de la femme et cria au taxi.

« Sortez mes valises, c'est elle qui va monter. »

Mamita s'agita, elle pleurnicha :

« Pourquoi elle s'en va ? »

Marisol s'approcha tout près d'elle. Elle vit son propre visage, bon et souriant, se refléter dans les pupilles affolées.

« C'est moi qui vais m'occuper de toi, Mama. Le temps de trouver quelqu'un de bien. »

BLUESY DREAMS

Un tonnerre d'applaudissements se déclara à l'Apollo Theater de Harlem, embarquant l'accord final au firmament. Cyrille tendit la main vers la platine CD.

« I'd like to thanks Joe B. who made me the honor to play with me today, it was a wonderful show, Joe,   I love you.[1] »

Il interrompit l'intro du morceau suivant en pressant le bouton off, se défit de la sangle de sa Les Paul 59, posa la guitare sur son lit et son bootleneck sur la table de nuit en se demandant si le lendemain, il jouerait plutôt sur la version de *Bluesy Dreams* au festival de Nashville en 97 ou sur celle du concert de Joe au Blue Chicago en 2002. Puis il sortit de la chambre en nouant sa cravate.

Juchée sur un des tabourets vintage qui étaient le clou de leur cuisine américaine, sa compagne Tara désigna une tasse couverte d'une assiette.

« Malgré tous mes efforts, ton café est froid. Es-tu obligé de jouer le matin maintenant ?

— C'est que, le matin, je joue comme un dieu.

— Comme le soir », soupira-t-elle.

Il aspira une petite gorgée de café comme s'il avait été brûlant.

« Tu ne comprends pas.

— Mais si ! »

Tara passa derrière le bar et la minute d'après, brandit une tartine surmontée d'une bougie en chantant d'une voix lascive :

« Happy Birthday my bluesy god… »

Il se boucha les oreilles.

« Massacrer le blues le jour de mon anniversaire ! Tu veux ma mort ? »

Elle pouffa, il souffla, elle filma leur baiser avec son téléphone. Il proposa de la déposer à son agence.

« Pas la peine, j'ai rendez-vous chez un client à deux pas.

— À deux pas ? Je croyais que tous tes clients étaient à Strasbourg… »

En voiture, radio éteinte, il reformula en pensée la variété des timbres qu'il venait de tirer de sa Les Paul. Elle sonnait comme une bon dieu de voix humaine, mais son jeu, à lui, est-ce qu'il valait la guitare ? N'était-il pas prisonnier de la technique ? Excessivement soucieux de l'effet produit ? C'est ce qu'il exécrait chez les autres. Un dégoût le submergea. Il fut soulagé d'arriver au parking, d'entendre le son réverbéré de la portière qui claque, la petite musique niaise, censée rendre sympathique la désolation de béton.   Allez, se rassura-t-il, au moins, jouait-il avec de sacrées pointures : Joe B., Ry Cooder, Robert Cray, Joe Louis Walker... et une chose était sûre : son jeu restait bien au-dessus de celui des toquards de la région : des petits guitareux qui se saoulaient pour s'inventer un désespoir, des connards qui injuriaient le blues authentique !

« On devrait avoir le droit de leur couper les mains », se dit-il et cette petite bouffée de cruauté lui fit du bien.

Il prit l'ascenseur avec un collègue handicapé, qui travaillait à mi-temps depuis son accident.

« Paraît que c'est ton anniversaire. Quel âge ?

— Trente.

— Tout n'est pas encore foutu alors. »

En réalité, Tara était restée à la maison. À l'heure prévue, elle reçut la visite de Vincent, un ancien membre des Snake Coolers, le groupe de blues mâtiné de rock que Cyrille et lui avaient monté à la fac et qui avait eu sa petite heure de gloire en jouant en première partie d'Eddy Mitchell au Zénith d'Orléans.

« Il faudrait que l'on se reforme ! » dit-il à Tara

Elle lui fit un clin d'œil.

« C'est bien ce qui va se passer !

— Pour de vrai, je veux dire. On n'était pas mauvais. Il faudrait juste qu'on répète. J'aurais des plans pour des mariages, des trucs comme ça.

— Ça serait super », dit Tara.

Dans la chambre, Vincent siffla en découvrant la guitare étendue sur la couette de lin.

« La Les Paul de Joe B. et de Jimmy Page ! Rien que ça ! Ça vaut un bras.

— Comme, tu le vois, elle a pris ma place dans le lit. »

Il souleva l'instrument avec précaution.

« C'est du sérieux alors.

— Oui. Même s'il n'ose se pas se l'avouer. »

Il passa un doigt sur les cordes. En fit sonner une, mit un temps avant de demander :

« Tu es sûre qu'il est prêt ? »

Tara écarquilla les yeux et répondit avec chaleur.

« Il est génial ! Pour te dire, moi qui déteste le blues instrumental, cela me donne le frisson.

— J'ai l'impression que tu me parles de quelqu'un d'autre. Mais c'est vrai qu'en six ans… »

Il examina encore le manche et murmura pour lui-même « Ah ! C'est une copie. ». Il l'enferma dans la housse qu'il attrapa par la poignée et sortit.

A dix-neuf heures, Cyrille récupéra Tara à la station de tram de son agence. Pour éviter qu'il repasse à la maison, où il aurait inévitablement remarqué l'absence de sa guitare, elle avait apporté un sac avec des vêtements de rechange. Il en sortit avec humeur un pantalon et jeta un regard sombre aux passants de la rue.

« N'importe quoi ! Rentrons, ça prendra deux minutes. »

Tara était pomponnée, ses lèvres rouges se mirent en mouvement : les parents de Cyrille attendaient au restaurant avec son grand-père nonagénaire qui avait l'habitude, rappela-t-elle, de dîner à dix-huit heures et de se coucher à dix-huit trente. Il insista, elle dit :

« Je te connais, si on rentre, tu vas jouer un petit blues avant de sortir. »

Il céda. Ses contorsions pour s'habiller les firent rire. Un quart d'heure plus tard, ils entrèrent dans une pizzeria vide où tout semblait pouvoir se dérouler sauf la célébration d'un trentième anniversaire en famille.

« Tu vois, personne n'est arrivé ! » fit remarquer Cyrille avec humeur.

Tara le poussa vers une petite porte en arche d'où partait un escalier qui s'enroulait autour d'un axe de pierre pour plonger dans l'ombre.

« Il y a une belle salle en bas pour les dîners privés. Ils sont là. ».

Tout ce que l'on pouvait apprendre de l'escalier en l'empruntant était qu'il conduisait à une odeur de moisi de plus en plus prégnante.

« C'est quoi ce plan ? » dit-il en cherchant des appuis contre les murs humides.

Soudain, il fut soufflé par un mugissement. Des lumières crépitèrent sur ce qui lui parut être des masques bleus caricaturaux de toutes ses connaissances. Des bras armés de coupes ondulaient comme un champ pétillant autour de lui. Il fut touché, palpé, caressé et étreint comme si un malheur lui était arrivé. Il sourit jusqu'à en ressentir des crampes. Sans voir sa mère, il reconnut dans ses cheveux le frottement de sa main. Son grand-père, déposé comme une pile de manteaux sur un pouf, leva sa canne à son adresse, manquant de peu le front d'une petite cousine garnie de volants, une gamine dont c'était la première sortie nocturne et qui déboulait à l'improviste entre les jambes de tout le monde.

« Quand je pense, claironna sa mère dont le visage radieux passait du rouge au vert selon la programmation des spots, au temps que tu as mis pour naître ! Soixante-quatorze heures annonça-t-elle à la ronde avec fierté. »

Puis elle lui prit le bras et l'emporta comme un nouveau-né qu'on doit présenter à la foule.

Parmi la chair de tous les noms qu'il lui avait été donné de noter dans son carnet d'adresses au cours des dix dernières années, à chaque apparition du visage de Tara, il embrassa ses lèvres brillantes, lesquelles se tendaient pour recevoir la garantie qu'il était heureux.

Son cœur laissa doucement retomber les débris de son implosion et ce fut bientôt pour Cyrille comme s'il avait passé sa vie entière à boire du champagne en décrivant l'effet que ça faisait d'avoir trente ans. Il fut en mesure de porter attention au lieu : une cave de taille moyenne, assez minable, flattée par les lumières et les étoiles projetées par une boule disco. Au plafond, un enchevêtrement de câbles semblait l'œuvre d'une monstrueuse araignée noctambule. Les murs de pierre portaient des cadres déboîtés où souriaient les visages intemporels de stars hollywoodiennes. Près de l'escalier, un comptoir de bois encerclait deux serveurs hyperactifs dont l'un décapsulait une bière pour le seul type que Cyrille ne connut pas, un mec un peu folklo, accoudé, les jambes arquées comme un cow-boy de saloon. Ses grosses Ray-Ban solaires ne masquaient pas l'expression de lassitude blasée qu'arborent les piliers des endroits miteux et alcoolisés. La salle, dans son prolongement, s'assombrissait, et le monde, par effet de perspective, se coagulait de sorte que le fond se présentait comme un gouffre noir. Mal à l'aise, Cyrille essaya à plusieurs reprises de scruter au travers quand, par une béance formée par deux épaules qui s'écartèrent, il eut une vision de cauchemar : il y avait une scène et au centre, luisait la pâle silhouette de sa Les Paul 59. Quand elle vit Cyrille avancer vers elle, Tara tendit les lèvres, mais à la façon dont elle se sentit empoignée par le bras et entraînée à l'écart, elle sut qu'il avait compris.

« C'est juste, dit-elle, une idée comme ça, que tu pourrais jouer un morceau.

— Tu aurais pu m'en parler.

— Qu'est-ce que tu aurais dit ?

— J'aurai dit non !

— Tu vois ! Alors que tu en as envie ! Sois honnête, tu ne veux pas rester un musicien en chambre toute ta vie. Il y a un public, c'est l'occasion.

— L'occasion de quoi ?

— De reformer les Snake Coolers.

— Quoi ? Mais ce groupe est fini. Vincent est le pire guitariste que je connaisse ! »

Il relâcha rageusement sa poigne et vit la trace foncée que ses doigts avaient laissée sur la manche de soie. Sa voix s'adoucit.

« Je sais bien que je te bassine avec la musique. Tu dois croire… mais pardon… je ne suis pas très au clair avec tout ça.

— À un moment, il va bien falloir que tu le sois. »

Vincent s'approcha d'eux en claquant des doigts rythmiquement. Derrière son épaule, Fanny, la batteuse du groupe, qui venait d'accoucher de jumeaux, prévint Cyrille :

« Je les fais garder pour la première fois. Pour toi mon pote.

— On n'a pas répété depuis six ans ! »

Elle haussa les épaules.

« On s'est suffisamment flairé le cul pour retrouver nos marques.

— Allez vieux, renchérit Vincent en trémoussant son corps comme pour le libérer d'une peau rétrécie. *Bluesy bluesy night, I tell you what's my fight…*

— Je n'ai pas le niveau pour jouer en public.

— Nous non plus ! s'exclama Vincent.

— Mais si ! » répliqua Tara avec feu.

La tête penchée sur le côté, Fanny haussa les épaules.

« Un peu de simplicité bordel.

— C'est ton rêve, dit encore Tara. Vas-y ! »

Il y eut un silence comme s'il avait été orchestré. On les entourait. Avec la boule disco qui se reflétait dans leurs yeux, les invités évoquaient une nuée de mouches. On bourdonna son nom. Puis on le scanda. L'enthousiasme ne masquait pas ce que la demande contenait de menace.

« Ok, dit Cyrille, juste une ».

Le monde se fendit dans un martèlement de pieds, la scène monta en lumière, un frisson électrisa son dos. Vincent le poussa vers la clarté. Sa mémoire se fouilla elle-même à la recherche des morceaux du répertoire des Snake Coolers. Le trac se mêlait à la colère d'avoir à jouer cette soupe.

Une invisible régie avait allumé quelques spots bleus qui douchaient une batterie rutilante comme un camion américain, surprenante pour ce genre d'endroit. Appartenait-elle à la salle ou à Fanny ? La question fut éludée par les gestes urgents à accomplir. Escalader la scène, oublier qu'il ne savait pas ce qu'il foutait là, se concentrer sur la vision amicale de sa guitare. Lorsqu'il se redressa et rejeta en arrière ses cheveux trop longs, un hurlement collectif retentissant comme une sirène avant un bombardement l'alerta qu'il se passait quelque chose de plus grave, de plus dangereux que ce qu'il avait imaginé. Derrière le micro où il pensait voir Vincent, oui, à la putain de place qu'il aurait dû occuper, il y avait un chapeau incliné sur une méchante veste à franges et retenu par une main de géant. L'ensemble se redressa. C'était Joe B.

Le public entonna *happy birthday*. Le vieux bluesman, colosse de peau, chopa le micro. Un rai lumineux fit luire quelque chose à son doigt. Cyrille comprit qu'il s'agissait du célèbre bottleneck de Joe, le véridique goulot d'une bouteille à laquelle avait bu Charley Patton, lequel l'avait, disait la légende, fracassée sur la tête d'un batteur qui sabotait la rythmique. Joe fit valdinguer le pied du microphone et souhaita d'une voix enrouée :

« Happy birthday Sail-real, Sirai.. how the hell do you pronounce your name[2]... ? »

Cyrille fut pris d'un haut-le-cœur et immédiatement après, de fureur envers le monde entier. Il se sentait déplacé dans la chemise qu'il ne portait qu'à des mariages et à des enterrements. Des mains sans visage lui passèrent la sangle de sa guitare autour du cou. Il voulait mourir. Machinalement, il chercha son bottleneck. Cette conne de Tara n'avait pas pensé à le prendre !

« I hear there's a great player here and I'm always looking for talent where you don't expect it. Remember Allan Blank, T-Bone Walker, Camel C. Jones ? It's me who discovered them ! Well. So [3]. »

La batterie trembla à l'apparition d'un Noir colossal. Les charleys émirent des grésillements quand il abattit sa masse sur le tabouret. Il fit craquer les articulations de ses poignets. Un vieux maigre à longues moustaches surmonté d'un chapeau de soldat de la guerre de Sécession empoigna le manche d'une basse dont la caisse était entièrement recouverte d'autocollants. Il claqua des mâchoires.

« Huh, continua Joe, I own a Les Paul 59 also, she's sweet, is yours sweet [4] ? »

Cyrille fit « yes » et machinalement, gratta un accord. Son propre son amplifié le terrifia.

« You know my tunes ? Well I'll be damned [5]... », dit Joe et, jambes écartées, il s'arrima pour le coup d'envoi.

Cyrille eut le réflexe de désigner son doigt vide. Joe traîna ses bottes vers le bord de la scène, rafla une bouteille de champagne et s'accroupit pour l'éclater contre un pied-de-table en fer forgé. Une poignée de gens recula en hurlant. Joe lança le goulot à Cyrille qui le rata. Il roula par terre. Le bassiste le stoppa d'une pointe de botte et shoota dans sa direction. Cyrille le ramassa et il l'enfila fébrilement, côté tranchant vers l'extérieur. La crainte de se blesser le dégrisa. Il ferma les yeux.

« Je suis dans ma chambre, s'encouragea-t-il, je suis simplement dans ma chambre. »

Et il attaqua l'accord de *ré* dièse d'une main droite courageuse.

Au deuxième accord, Joe B. leva deux doigts en l'air. Sur sa lancée, Cyrille ne réalisa pas que les autres musiciens s'étaient arrêtés, ce qui déclencha des rires dans la salle.

« Pass me your guitar [6] », fit Joe B.

Dans un silence tendu, Cyrille se tortilla pour se défaire de sa sangle. Joe fit un pas de botte, balança son bras en avant et attrapa le manche qu'il rabattit vers lui comme une partenaire de danse.

« Oh man, dit-il comme quelqu'un d'habitué à se parler à lui-même publiquement, this is no Les Paul, what the hell is this thing ? Some sort of chinese knock-off crap. Jesus, it sounds like shit [7]. » Il gratta les cordes à vide, tourna deux clefs et la rendit à Cyrille flanquée d'une parole rude :

« Boy, you wanna sleep with the lady, you gotta spend money a little change, you know [8] ? »

La Les Paul, debout contre lui, Cyrille se mit à flipper : il tenta de la soulever mais le manche glissait contre sa paume liquide. Son nom, scandé, perdit son sens. Exister était irréel. Il se vit du dessus, comme un observateur flottant parmi les câbles du plafond. « Je suis mort », pensa-t-il. Il se vit frotter ses mains sur son pantalon et il se parla pour s'encourager.

« Allez mec putain, tu es bon, sacrément bon, peut-être meilleur que ces saloperies de durs à cuire qui te regardent en biais. »

Vêtu comme un cow-boy en hiver Joe ne semblait pas souffrir de la chaleur. Le vieux bluesman tourna la tête et sourit à demi. Ses yeux malicieux coulèrent un regard vers lui qui pouvait ressembler à un encouragement. Cyrille pensa à Jonny Lang, un musicien tardif, venant de nulle part, qui s'était imposé dès qu'il avait posé les doigts sur une guitare en public. Il était devenu une référence pour Joe comme pour d'autres grands guitaristes de blues. Ouais, au fin fond du Dakota ou dans la banlieue d'Orléans, l'esprit du blues pouvait souffler partout. Il allait lui montrer que c'cst l'âme qui fait le blues et pas les dollars claqués sur la gratte. Cette musique n'avait-elle pas été à son plus fort jouée sur des instruments de fortune ? Il revint à lui et parvint à repasser sa sangle. Comprimé par le bottleneck improvisé, le bout de son majeur était glacial et violet, il se servirait de sa douleur, il savait comment la transférer à sa musique.

« Okay », fit Joe.

Les muscles du batteur roulèrent sous le tissu épais de sa chemise. De la façon dont il envisageait sa batterie, il semblait lui en promettre, de la baston la plus violente à la caresse la plus douce. Le bassiste semblait un cactus planté dans le désert, seules les pointes de ses moustaches trahirent la violence avec laquelle il arracha le premier accord. L'humeur du public fit volte-face, abandonnant l'angoisse poisseuse pour un balancement lascif. Penché sur son manche, Cyrille tenta de retrouver l'esprit de solitude dans lequel il se sentait digne fils du blues électrique blanc. Il reprit confiance dans la complicité qu'il s'était inventée avec Joe durant des années de « room-sessions ». Il joua smooth et ses attaques de main droite retrouvèrent leur mordant. Au début, il se cantonna prudemment à la partie rythmique et laissa la main à Joe sur la mélodie et l'impro. À la fin du premier morceau, il estima qu'il s'en était royalement tiré et aucun regard sévère ne vint le démentir. Il entama *It's Not Sally Massa*, le deuxième opus, sans faire de vagues, calé laid back, au fond de la culotte du tempo, comme un vrai gars du Mississippi. La musique que produisait la guitare de Joe passa par tous les accents émotifs d'une voix humaine. Cyrille entra en fusion avec cette voix qui l'invitait.

Au troisième morceau, il risqua quelques échappées mélodiques pour signifier qu'il était prêt à prendre son tour de lead. Il n'avait plus peur. Sa guitare devint volubile. Le bottleneck de champagne produisait des sons du feu de Dieu et se mit à glisser frénétiquement sur le manche à une cadence dont il ne se croyait pas capable. Son corps tendu s'arc-boutait dans une expiation magnifique. Il n'était plus question de technique mais de blues. Les autres instruments s'étaient mis en retrait. Il parvint à tenir le solo le plus long qu'il ait jamais tenu. À la fin, un court-circuit se produisit dans sa tête, comme lorsqu'il éjaculait, le laissant suspendu dans un état de lucidité éblouie. Quand il eut fini, un silence l'accueillit. Et cela prit un moment avant qu'il fût enfin brisé par des applaudissements.

Il était chaud, prêt à mordre à n'importe quel morceau, quand Joe leva une main.

« All right, all right, enough for tonight, thank

you [9]… »

Le batteur fourra ses baguettes dans la poche arrière de son jean. Le bassiste arracha le jack à son instrument et le balança par terre où le fil se tortilla comme un serpent. Cyrille fit ce qu'il faisait chaque jour dans sa chambre : entourer les épaules de Joe, prendre le micro. Ses propres paroles lui éclatèrent aux oreilles :

« Thank you Joe, it was fantastic to play with you tonight. I love you…»

Les musiciens disparurent backstage tandis que lui descendit dans la salle sur ses jambes tremblantes. Des mains s'abattirent sur son dos, on frotta les zones accessibles de son corps. Des dizaines d'écrans s'animèrent devant ses yeux, les téléphones avaient immortalisé l'évènement sous tous les angles. Cyrille ôta son bottleneck et le glissa dans sa poche où ses doigts s'attardèrent en une petite pression amoureuse.

« Tu leur en as remontré aux Amerloques.

— La vache, vieux, ça le fait !

— Il est comme son grand-père, c'est un mélomane. »

Vincent lui fit un petit topo sur ses progrès puis se lança dans une critique de ce qu'il estimait être une surenchère de notes.

« La frime, c'est une attitude plus rock que blues, non ? »

Cyrille ne répondit pas. Le visage rayonnant de Tara entra dans son champ de vision et il eut honte de s'en trouver importuné.

« Alors-alors ? demanda-t-elle. Qui avait raison ?

— Tu peux la remercier, vieux, dit Jeanne, une amie de Tara. Tu ne te doutes pas de tout ce qu'elle a fait pour trouver le bonhomme et pour le convaincre de venir.

— Depuis six mois, pas moyen de la faire parler d'autre chose ! dit une autre. Le blues, ras la casquette ! Pas fâchée que ça se termine.

— Merci ma chérie, dit Cyrille, oui, comment as-tu…

— Elle a fait gober à toute une chaîne de gens qu'un génie se cachait en Sologne ! coupa Jeanne.

— Mais comment, demanda la mère de Cyrille, comment leur a-t-elle fait " gober " une chose pareille ?

— C'est ça de travailler dans une agence spécialisée dans le buzz.

— Je vous raconterai l'aventure, promit Tara en se retournant. J'ai quelque chose à faire, occupez-vous de la star, je reviens. »

La conversation continua de tourner autour de la façon dont Tara s'y était prise. Cyrille avait les tripes à l'envers. Il ne comprenait pas qu'on puisse revenir à sa flûte de champagne et à des discussions insipides, sans transition. Le blues, surtout instrumental, n'était pas à la portée de tous ici et cela semblait être un soulagement pour beaucoup que les haut-parleurs se soient mis à diffuser un truc plus festif et tendance, un enchaînement de soupes comme ils les aimaient, qui animaient leurs fesses et leurs épaules. Il n'avait qu'une envie, c'était de voir Joe, de parler blues avec lui et de boire de la bière. Mais ni lui ni ses musiciens n'étaient venus se mêler à eux dans la salle. Il s'éclipsa du groupe qui discutait sans que personne le remarque. Il posa sa coupe de champagne pleine sur une table au hasard et passa une porte battante signalée interdite au public.

Il ne percevait plus le bruit de la salle que de manière étouffée. Il avança sous une lumière sale et se figea, surpris de voir Tara un peu plus loin en discussion avec l'homme aux Ray Ban et blouson de cuir qu'il avait remarqué au bar. La pâleur verdâtre d'une ampoule nue criblait leurs profils de petites taches noires tremblotantes.

« Et de quel droit ? » demandait Tara d'un ton aristo qu'il ne lui connaissait pas.

L'homme répondit en français avec un fort accent américain.

« C'est un ordre de Monsieur Joe B.

— Monsieur Joe B. avait dit que…

— Il a changé d'avis. »

Tara cala ses poings sur ses hanches

« Vous vous rendez compte de ce que vous demandez ? C'est impossible.

— Bien. Dans ce cas, nous allons procéder nous-mêmes. »

L'homme bougea et sa main lourdement baguée repoussa Tara comme elle l'aurait fait d'une toile d'araignée. La jeune femme ouvrit la bouche pour parler mais se ravisa et sourit en apercevant Cyrille à l'instant où l'homme le croisa sans le regarder. Cyrille, le vit enfouir une copieuse liasse de billets dans la poche intérieure de son blouson.

« C'est qui ?

— Le manager de Joe B.

— Tu lui as donné un sacré paquet d'argent…

— Tu n'étais pas censé voir ça. C'est un cadeau pas vrai ?

— Il disait quoi à propos de Joe ?

— De Joe ?

— Il dit qu'il a changé d'avis. Sur quoi ?

— Ah ça ? »

Tara eut un soupir excédé. À présent qu'il s'était approché, Cyrille vit ce qui criblait la lumière de taches : des chiures de mouches sur l'ampoule.

« Autant que tu le saches. C'est à propos de ce que les gens ont filmé. Il demande que tout soit effacé. Mais… »

Il eut un choc, comme si son âme d'enfant venait d'intégrer un corps grabataire.

« J'ai été si mauvais que ça. »

Elle posa la main sur son bras.

« Tu ne m'as pas laissé finir. Ce n'est pas toi. C'est lui ! Joe ! Il s'est trouvé en dessous. »

Cyrille répondit à son rire désinvolte par un rire haineux.

« Pas bon, Joe ?! C'est n'importe quoi ! »

Il leva la main et elle protégea son visage de son bras pour anticiper un coup qui ne vint pas. Quand les doigts tremblants de son compagnon glissèrent dans son cou, elle se raidit. De son pouce, il caressa sa joue, doucement.

« Tu es gentille, tellement gentille… »

Elle le prit dans ses bras. Il restèrent un peu comme ça, lui accablé, elle immobile. Puis Cyrille alla entrouvrir la porte battante qui les séparait de la salle. La pleine lumière avait été allumée. Ils regardèrent les invités cligner des yeux comme des taupes. Il y avait peu de protestations. On donnait les téléphones, le manager les vidait.

« Allons-y, dit-elle avec un regain d'énergie, c'est bientôt fini, on va pouvoir faire le gâteau.

— D'accord, dit Cyrille, mais avant, j'ai besoin de prendre un peu l'air. Je vous rejoins. »

Elle lui sourit, entra dans la salle, et lui, traversa la chieuse luminosité du couloir en direction de la sortie de secours.

Dehors, il courut d'un halo de réverbère à un autre, comme un rat sous une poursuite de music-hall. Après plusieurs virages, il trouva enfin une ruelle sombre et un porche à l'abri duquel il commença à s'insulter, lorsqu'il vit qu'un berline noire était garée un peu plus haut dans la rue. La vitre arrière était à moitié baissée. Sous l'ombre d'un chapeau brillait le clair des yeux de Joe B. Cyrille caressa son bottle-neck au fond de sa poche et s'avança. A son approche, le moteur se mit en route. Le vieux bluesman se pencha vers l'intérieur, parla au chauffeur puis reparut à la vitre.

Ils se regardèrent dans les yeux. La voiture restait immobile. Cyrille fut saisi de voir à quel point Joe et lui étaient semblables. La même flamme les animait ; ils avaient le même amour du blues et la même haine contre ceux qui le bousillent.

Des voix sonnèrent dans le lointain, comme des cuivres anarchiques. Cyrille sortit le bottleneck de sa poche, le fit danser entre ses doigts puis, sans ciller, il emprisonna le tesson dans sa paume et serra. Le vieux bluesman eut un petit sourire amusé. Le bord trancha la chair à la racine de ses doigts et comme les tendons résistaient, Cyrille serra plus fort.

Notes:

1. « *Je voudrais remercier Joe B. qui m'a fait l'honneur de jouer avec moi ce soir, c'était un show magnifique, Joe, je t'aime.* »

2. « *Bon anniversaire Sail-real, Sirai.. Comment diable se prononce ton nom...?* »

3. « *J'ai entendu dire qu'il y avait un sacré guitariste par ici. Je recherche toujours des talents qui viennent de nulle part. Vous vous rappelez Allan Blank, T-Bone Walker, Camel C. Jones ? C'est moi qui les ai découverts ! Bon, voyons voir.* »

4. « *Hey, j'ai une Les Paul 59 moi aussi. Moi c'est du velours, et toi ?* »

5. « *Tu connais mes morceaux? Ça me la coupe!* »

6. « *File-moi ta guitare.* »

7. « *Mais ce n'est pas une Les Paul, qu'est-ce que c'est que ce truc ? Un genre de prodigieuse merde chinoise, bordel, ça sonne complètement pourri.* »

8. « *Mec, si tu veux te taper la fille, il faut claquer un peu de tunes.* »

9. « *C'est bon c'est bon, assez pour ce soir, merci...* »

Empreinte Zéro

Il ne peut s'empêcher de le faire alors que ça l'agace :
feuilleter *Elle Singapore* à la recherche de lui-même. Le coiffeur Chee How lui a entortillé la barbe dans des bandes
d'aluminium ; pendant qu'une moitié se teint au noir et que
l'autre se peroxyde, Santtu tourne les pages du magazine. Un
dossier sur la pathologie du retard, un reportage effroyable
sur l'effondrement d'une usine textile au Pakistan et la page
d'après c'est lui, en costume clair, entre sa chère Kikko et le
souriant ministre de la Culture. Tous trois posent devant *We
Mont*, la dernière œuvre monumentale de Santtu : une montagne de cailloux de vingt-sept mètres de haut sur une base
de vingt mètres de diamètre, sise à Sentosa. Sous un casque
séchoir, une jolie femme lui sourit avec insistance. Elle crie :
« J'ai posé un caillou de granit venant de Tiong Bahru ! »
Il la félicite d'un signe de tête. Elle fait partie des 12 523
personnes venues des environs mais aussi du monde entier,
apporter leur contribution à l'œuvre. Schiste argileux d'Ita-
lie, roche volcanique de la Réunion, silex de France, agate du
Botswana, granit des Açores, apatite bleue du Brésil, bois
fossile de Madagascar, mica de Suisse… tous ces fragments

de minéraux du monde furent répertoriés par un expert géologue avant d'être posés à raison d'un toutes les sept secondes, par une cohorte de deux kilomètres et demi de personnes, ce qui avait pris deux mois. Cette œuvre, hymne à la coopération humaine est encore plus spectaculaire vue du téléphérique qui relie l'île principale à Sentosa. Santtu referme sèchement le magazine. Il fait signe à Chee How. Cette teinture est longue à prendre.

La vue du faîte de son combo se découpant dans le ciel l'emplit habituellement de joie, mais pas là. Le panorama à trois cent soixante degrés que l'on a sur la ville et la mer de Chine depuis son rooftop ne l'apaise pas non plus. Est-ce dû à un des composants de la teinture, Santtu ne se sent pas bien. Une jeune femme longue et ondulante dénoue lentement sa posture de yoga et abandonne le coucher de soleil pour venir vers lui ; elle lui prend la main qu'il a brûlante.

« Qu'y a-t-il Santtu ?

— Quelque chose Kikko, mais j'ignore quoi. »

Des étoffes turquoise vaporeuses flottent autour d'elle.

« J'ai rapporté le poulet tikka que tu aimes du Pulau Ujong. »

Aussitôt elle arrange céramiques artisanales et baguettes d'argent sur la table basse. Santtu se pose en tailleur sur une natte, il respire un peu mieux, il plaisante. À petits coups d'éventail en bambou, Kikko conduit la vapeur parfumée du plat vers ses narines en faisant l'éloge de « l'art culinaire pakistanais ». Quand Santtu porte les baguettes à ses lèvres, une suée soudaine trempe son dos.

« Savais-tu, demande-t-il, qu'au Pakistan, une usine de textile s'était effondrée ? »

Seule Kikko s'est endormie après l'amour, sous le doux buzz de la clim. Dans le sommeil bleu de sa nuit, elle paraît perdue. Son corps, presque encore celui d'une enfant, creuse des ombres aux teintes profondes dans les draps. Santtu a les mains moites, le cœur dingue. En photo dans le magazine, il y avait une jeune fille pas plus âgée qu'elle, qui venait de voir mourir cent douze de ses camarades dans l'effondrement de son usine. Dès qu'il ferme les yeux, il rencontre son regard sidéré. Il se lève et, passant devant un miroir, a une pensée irréfléchie pour son corps jadis plus noueux, plus athlétique. Il hait la silhouette molle qu'il aperçoit. C'est le reflet d'un soi perdu. *We Mont* est un succès international, mais qui le met sur la touche. Une fois les mécènes convaincus de la grandeur du projet, son propre rôle ne se borna qu'à des réglages logistiques fort longs et à une omniprésence dans les médias. Santtu aimerait revenir à son art tel qu'il le concevait en quittant les beaux-arts d'Helsinki : physique, sale, sensoriel. Ses mains n'ont plus sculpté depuis longtemps. Elles frémissent de désir, mais ce n'est pas ce que son public attend. Son public d'aujourd'hui attend de participer.

Il a atteint le dressing. À l'ouverture de la porte, les vêtements lui apparaissent comme une armée de mues fantomatiques. Il s'empare d'une chemise au hasard et la fouille au corps à la recherche de l'étiquette de contexture. Pakistan. Il en arrache une autre. Bangladesh Pakistan Corée Pakistan Vietnam Bangladesh Pakistan…

Le matin déploie sa pâleur d'incendie quand Kikko trouve l'artiste assis dans un imbroglio de tissu devant les rayonnages vides. Le regard fixe.

« Je te connais ! Tu crées ! s'écrie-t-elle joyeuse. Est-ce que tu permets que je te dérange avec un thé ? »

L'animateur vedette Amos Wong briefe ses équipes : chef opérateur, preneur de son, scripte, assistante et stagiaire embarquent en urgence dans une estafette aux couleurs de Channel NewsAsia. L'événement aura lieu sur le rooftop du combo de Santtu Verlaak. Tout comme pour *We Mont*, la chaîne a l'exclusivité de la diffusion. Au vu de la circulation dense, ils seront sur place d'ici trente minutes, c'est serré pour le direct de midi vingt mais Amos relève le défi ; l'érection du *We Mont* a constitué un pic d'audience historique, et depuis, Santtu est devenu un artiste plasticien populaire. Le public en est friand. Il faudra songer à l'inviter plus souvent dans les talk-shows.

« Putain, dit l'assistant en enfonçant le klaxon. Déjà onze heures trente ! Un direct c'est comme le lever du soleil, ça baise ceux qui sont à la bourre.

— Santtu est un pro, rassure Amos en s'essuyant le front. Tout sera prêt.

— Qu'est-ce qu'il va faire ? demande la stagiaire en rongeant un de ses ongles.

— On ne sait jamais rien à l'avance, dit le caméraman. Pour nous couvrir, j'ai pris quatre caméras, tu vois, de la longue focale à la macro.

— Putain ! » réitère l'assistant en insultant le feu qui vient de passer au rouge.

Midi quatorze. Équipe et matériel s'engouffrent dans l'ascenseur qui dessert directement l'appartement de l'artiste, au trente-deuxième étage. Ils se sentent balourds en traversant le salon précieusement meublé. Un rideau soufflé par un courant d'air leur indique l'accès au rooftop. Des sapeurs pompiers sont sur les lieux, arrimés à une lance à incendie. Telles des statues antiques, vêtus de pantalons et de chemises en grosse toile écrue, Santtu et Kikko brandissent des torches allumées. Le feu danse une fumée âcre. À leurs pieds s'étend un océan de vêtements chatoyants.

« Moteur, moteur ! » grince Amos les yeux rivés sur sa montre.

La barbe bicolore de l'artiste frémit. La scripte tremble. La caméra moyenne focale est sur pied. Un micro gainé de poils chatouille le ciel. On entend des ordres étouffés dans le talkie-walkie auxquels l'assistant répond.

« Prêts à tourner, attendons votre go. »

Très haut, un avion traverse le ciel. Amos s'est placé face caméra. La lance à incendie se redresse entre les mains gantées des pompiers.

« Go, grésille le talkie-walkie.

— Go ! » répète l'assistant.

« Amos Wong, pour Channel NewsAsia, en direct du combo de Santtu Verlaak. En signe de contestation contre l'effondrement de l'usine textile de Lahore, en hommage aux cent douze jeunes filles qui y ont péri et par solidarité avec toutes les victimes exploitées de l'industrie textile, Santtu Verlaak et sa compagne Kikko vont brûler leurs vêtements et faire le serment de ne porter désormais qu'une unique tenue de coton fabriquée dans le respect des êtres et de la nature. Santtu Verlaak invite la population du monde à en faire autant. »

Les torches tournoient, saturant le ciel d'ellipses noires. Le tissu de l'injustice s'embrase.

***

« Je crois à la puissance infinie de la coopération, Kikko, dit un jour Santtu, dont la barbe bicolore trahit à présent ses racines grises. Elle commence par toi et moi. »

Il passe la langue sur la raie des cheveux de la jeune femme. Ils ne goûtent plus la pomme verte comme auparavant, plutôt une petite saveur de sébum ; comme Santtu, Kikko a décroché de beaucoup de chose dont le shampoing. Ils ne se lavent qu'avec un verre d'eau par jour, mélangée à une noix de saponite.

« Je te désire encore plus un peu sale », dit-il en suivant de son doigt la ligne de sa gorge dessinée par la lueur d'une bougie.

Ils sont assis, à même le sol brut, nus. Santtu est appuyé contre le mur, le dos de Kikko repose contre ses tibias. Depuis la veille, il n'y a plus aucun meuble dans leur appartement. En direct sur Channel NewsAsia, ils se sont rendus dans la forêt de Bukit Timah où ils ont obtenu l'autorisation de déposer leur mobilier. « *Bois, nous te rendons à la nature* », a dit Kikko en caressant le buffet qu'ils abandonnaient à la voracité de la jungle en compagnie de leurs tables basses, bibliothèques, consoles, sommiers et lattes de parquet. Santtu a déclaré publiquement sa décision, ainsi que celle de sa muse, de devenir *Empreinte Zéro*. Le concept a été largement relayé par les média. Dans le monde entier, on réagit, on jette ses meubles, on adhère.

« *Empreinte Zéro* est ton oeuvre la plus belle, dit Kikko.

— Elle m'offre de renouer avec ce que je suis, dit Santtu. Ma création n'impliquait plus mon corps, et de moins en moins mon esprit. J'étais devenu un businessman de l'art. A quel déclin j'échappe ! Depuis que nous ne nous lavons plus, que nous ne mangeons plus ni viande ni produits importés, depuis que nous allons à pied, et que nous sommes sevrés de l'électricité… je fais à nouveau corps avec ma création. Elle s'inscrit dans ma chair.

— Ton corps a retrouvé sa vigueur depuis que nous montons ici à pied… », dit Kikko.

Santtu sourit.

« L'équipe d'Amos vit mal notre sevrage d'ascenseur ! Ils sont de moins en moins nombreux à venir. Ils ne prennent qu'une petite caméra numérique et des micros HF ! Notre vie n'est pas faite pour leur lard.

— En parlant d'eux, fait remarquer Kikko, n'es-tu pas contrarié par ce dispositif télévisuel permanent ? Le matériel contient des métaux lourds, la diffusion consomme terriblement. Nous devrions arrêter les médias.

— Non, pas les médias. C'est le prix à payer Kikko. Regarde, depuis le lancement du programme hebdomadaire *EZ*, la moitié de la ville a brûlé ses vêtements et porte du coton écru équitable. Et le mouvement a touché d'autres pays. Ma mère m'a écrit qu'à Helsinki, elle en voit de plus en plus…

— Mais maintenant, il y a un marché des faux équitables… Des contrefaçons de nos tenues écrues sont fabriquées au Pakistan, au Bangladesh…

— Ce sont les débordements mineurs d'une vague positive immense. Grâce au dossier « sale et belle » qu'*Elle Singapore* t'a consacré, la consommation d'eau a baissé d'un tiers ! Aucune campagne de sensibilisation n'en avait jamais fait autant. Malheureusement, notre œuvre est dépendante des médias. Quand le mouvement aura gagné sa dynamique interne, nous arrêterons. »

Kikko soupire.

« Qu'est-ce qui te manque le plus ?

— Rien.

— Moi, parfois, je rêve de prendre un bain chaud et moussant à la pomme verte et de me glisser dans une belle robe en polyester… ça peut me tordre de désir. »

Elle se tourne vers lui. Leurs visages se rapprochent.

« Nous ouvrons la voie pour que plus un regard n'ait à exprimer de tragédie. Les regards comme le tien, heureux et innocent, sont la clef de la beauté du monde. »

Il caresse les petits seins de Kikko, il dit :

« En fait, je crois que le chocolat me manque. »

Elle s'allonge. Les irrégularités du béton lui arrachent la peau du dos. Elle griffe Santtu. Il mord sa bouche, son cou. Elle halète.

« Je ne suis pas comme toi, je ne suis pas une importation, mange-moi. »

***

Un an plus tard, Santtu est recroquevillé dans un angle de sa terrasse, en position fœtale, les bras jetés par-dessus sa tête. Son chignon est défait et ses fins cheveux d'un blond gris pendent entre ses genoux. Tout à l'heure, Kikko est venue poser une main sur son épaule et il a tressailli sans la regarder. Depuis, elle pleure dans ce qui fut leur cuisine en iroko, avant que les placards et les plans de travail ne fussent rendus à la jungle.

Un heure passe, le voilà devant elle. Leurs yeux pareillement rougis se rencontrent. Il dit :

« Amos va arriver. Viens avec moi, s'il te plait. »

Elle secoue la tête de droite à gauche dans un mouvement qu'elle ne parvient plus à arrêter.

« Je ne peux pas. Je ne le supporterai pas. »

Il s'accroche à elle, elle s'accroche à lui.

« Tu vas trop loin, ne le fais pas. »

Elle glisse à ses pieds, elle lui ligote les jambes de ses bras. Sa voix est devenue aiguë.

« Ne le fais pas, ne le fais pas. »

Il dit :

66

« Le taux d'audience a baissé. Nous regarder vivre nus dans le noir ne les intéresse plus. Le mouvement s'étiole. Je dois aller plus loin.

— Mais peut-être que le mouvement a conquis sa propre dynamique interne, comme tu l'as dit…

— J'ai une responsabilité à présent. C'est comme si j'étais le père de milliers d'enfants. Et après ce que j'ai appris à propos du sable, je ne peux pas rester ici. Sinon, ça n'a pas de sens.

— Je suis ton enfant aussi, pleure Kikko en l'enserrant plus fort. Je vais mourrir si tu pars. Je devrai retourner à ma vie d'avant. »

« Putain ! fait une voix ponctuée de lourds bruits de rangers. C'est la dernière fois qu'on monte le filmer ici, ça va nous faire des vacances ! »

Le chef opérateur a déjà l'œil rivé sur l'écran de la caméra. Il trace un cercle dans les airs avec son index pour signaler que ça tourne. Amos se positionne face caméra. Ils sont à l'antenne.

« Ici Amos Wong pour Channel NewsAsia. L'industrie du bâtiment ratisse les fonds marins pour piller le sable, mettant ainsi en danger l'écosystème. Nos maisons, nos immeubles, menacent les espèces marines et la vie sur Terre. C'est ce que dénonce aujourd'hui le grand artiste Santtu Verlaak, en quittant définitivement et en direct son habitation en dur, pour aller vivre près d'une décharge dont la localisation restera secrète, dans un abri entièrement recyclé. Sa compagne, Kikko, que vous voyez ici éplorée, a pris la terrible décision de ne pas le suivre. Et vous, le suivrez-vous ? C'est ce que vous faites déjà sur Channel NewsAsia. »

Les adieux déchirants de Kikko et Santtu firent remonter l'audience. Des magazines achetèrent les droits de diffusion de certaines images, d'autres furent piratées et firent le tour des réseaux Internet. Partout dans le monde, des couples se déchirèrent au prétexte que le conjoint était un assassin pollueur. On nota une forte baisse de fréquentation des centres commerciaux puis, au bout de quelques semaines, on enregistra un pic historique de consommation ; un signal de frénésie.

***

Santtu perdit la notion du temps. Sa vision de l'humanité se cantonna à des silhouettes jaune fluo à cagoule qui devenaient, à mesure qu'une infection de ses yeux s'aggravait, de plus en plus floues et irréelles. Il était seul avec le plomb du ciel, les amoncellements d'ordures qu'il identifiait comme des collines, les rats et les mouches, auxquels il vouait une admiration sans bornes pour leur œuvre de recyclage qu'il s'efforçait d'imiter. Parfois, il se sentait mouche. Il s'envo-

lait et se posait sur une épluchure qu'il transformait en un en-
grais qu'il allait déposer au pied des pauvres arbres affamés
qui entouraient la décharge. C'était très intéressant et il dé-
plorait que les enfants du monde ne puissent plus tirer leçon
de ce genre de découverte. Car il y avait combien maintenant ? des semaines ? des années ? Amos lui avait annoncé
que Channel NewsAsia coupait le budget du programme *EZ*.
Paf. Au dire des producteurs de la chaîne, sa représentation
était soit-disant devenue un repoussoir à téléspectateurs.

« La vraie beauté dérange, avait conclu amèrement Santtu.

— À dire vrai, ton action commence à être contre-produc-
tive. Tu génères une angoisse qui pousse à la surconsomma-
tion. Les courbes en témoignent. »

Cette remarque d'Amos l'avait foutu en l'air. Il ne l'avait
pas revu depuis. Ni lui ni personne. En dehors des hommes
jaunes cagoulés, il ne faisait qu'apercevoir sur les crêtes des
marcheurs lointains, en tenue écrue et baluchon, ses dis-
ciples, à la recherche de l'*Empreinte Zéro*, son empreinte zéro, à lui, le grand Santtu ! Quand tout le reste était estompé et
flou, il les voyait eux, nettement, mais sans remettre en question le fait qu'ils soient bien réels. Sûrement les « écrus »
fouillaient-ils les détritus à la recherche du père fondateur de
leur mouvement. Mais tel un caméléon confondu avec son
support, il était devenu indétectable. Il était constamment
malheureux de n'avoir personne pour voir que c'était mainte-

nant et seulement maintenant que sa performance commençait à être du grand art.

Parfois, la nuit, il se redressait brusquement et les boîtes de conserves qu'il avait attachées les unes aux autres en guise de toit tintinnabulaient dans la sombre immensité. Il se redressait comme il s'était redressé la nuit où il la jeune rescapée pakistanaise avait gagné la part la plus profonde de son cœur humain. En sueur, le cœur dingue ; il lui paraissait flotter un parfum de pomme par-delà les effluves d'immondices, mais Kikko n'apparaissait jamais. Ces nuits-là, il pleurait.

Un jour, dans les fragments d'un rétroviseur cassé, il découvrit qu'il était méconnaissable. Il lui vint l'idée qu'il pourrait retourner en ville et se faire passer pour un mendiant. Il rit de s'imaginer installé au pied de l'immeuble de Kikko. Elle seule saurait. Il avait assez donné, assez montré l'exemple ! Son œuvre serait accomplie pour ceux qui croiraient qu'il était allé jusqu'au bout.

Il décida que si Kikko venait, il la suivrait. Il la guetta. Il ne dormit plus qu'accroupi, aux aguets. Il finit par oublier pourquoi il était là et par ne plus rien imposer à son esprit ni à son corps. Ses mains prirent le pouvoir sur lui. Elles se mirent à le commander. Elles le précédèrent dans la décharge qu'elles fouillèrent et malaxèrent ; il devait les suivre et leur obéir jour et nuit. Sous leur action, la montagne de déchets changea d'aspect : elles étaient en train de lui donner une forme. Dès lors, il se sentit nimbé d'une lumière nouvelle et il se souvint de ce qu'il était réellement : un artiste. Un sculpteur. Rien ne pouvait l'empêcher de l'être. Jamais un accès de création aussi libre et puissant ne l'avait animé. Sa lucidité revint, plus aiguë que jamais. Il allait poursuivre le projet *EZ*, le pousser plus loin. Il ne s'agissait plus seulement de ne pas polluer mais de transfigurer l'inévitable merde.

Il se remit au yoga et à la méditation. Il nettoya ses yeux avec des fonds de bouteilles d'eau. Il sélectionna les restes les plus intacts pour son alimentation et, répondant à l'appel de ses mains frénétiques, plongea au cœur de la pourriture avec la voracité d'un ver.

En quelques semaines, la silhouette d'un gigantesque dragon de déchets découpa le ciel . Santtu prit du recul et s'allongea pour le contempler. Vu d'un certain angle, sa gueule béante semblait cracher le coucher de soleil. Il s'endormit et rêva d'Amos.

À l'aube, une main secoua son épaule. Il s'agissait d'un de ces gars en écru qui arpentaient les routes, un disciple d'*EZ.*

« Hey, gars, il est magnifique, je l'ai vu de là-bas. »

Il désignait la côte orientale.

« J'ai marché toute la nuit pour venir voir ce dragon de près. Un truc aussi dingue, tu ne peux être que Santtu Verlaak. »

Au bord des larmes, Santtu se leva et s'inclina jusqu'à terre devant le très jeune Asiatique aux pommettes hautes et aux cheveux bouclés qui s'inclina lui aussi. N'ayant pas parlé depuis fort longtemps, aucun son ne put sortir de sa gorge, mais l'artiste fit signe à l'écru de le suivre dans la cabane de tôle et de pneus. Il prit une boîte en fer dans laquelle il conservait un assortiment de fonds de boîtes de biscuits et en offrit à celui qui lui dit s'appeler Desmond.

Les éloges dont le couvrit Desmond poussèrent l'artiste à se racler convenablement la gorge et à tousser durant un temps infini pour pouvoir s'exprimer. Il avait tant de choses à dire !

« On m'a taxé d'opportunisme, oui oui… Alors que tout… vois-tu ? J'avais une femme, j'avais… mais le monde se doit d'être beau… dans les regards des enfants… comme toi…

— Tu t'es sacrifié. Pour nous, pour les générations futures.

— Est-ce que le mouvement *EZ* ? Les frontières… le monde ? Est-ce qu'on parle… de moi ? »

Desmond lui apprit qu'après un large engouement, le mouvement s'était considérablement tassé et que seuls quelques irréductibles tels que lui-même étaient encore en chemin. La plupart des anciens « écrus » s'adonnaient à nouveau au port de vêtements variés fabriqués par des petites mains exploitées.

« Fils, je vais te dire, chuchota Santtu avec une voix raffermie, en s'approchant de l'oreille du jeune homme. C'est la faute des médias ! Ils nous ont abandonnés ! Ils ont abandonné le monde ! Devant leurs écrans, les yeux des enfants ne s'émerveillent que pour mieux s'agrandir d'horreur… Ils les laisseront crever alors que moi… touche », dit-il en guidant la jeune main vers son ventre enflé.

Sur le ton de la plus grande confidence, il dit :

« Je n'ai pas émis de gaz depuis des semaines… je ne veux pas polluer l'air des petits enfants…

— Écoute, fit Desmond. Le dragon est un sacré chef-d'œuvre. Je suis sûr qu'il peut attirer la télévision par ici.

— Amos Wong ! s'écria Santtu soudain fébrile, va chercher Amos Wong de Channel NewsAsia. Il viendra. »

La nuit avant le départ de Desmond pour la ville, un orage éclata. Au matin, la splendeur du dragon s'était dissoute en une boue gluante et nauséabonde.

Santtu et Desmond passèrent la journée à grelotter sous le toit de boites de conserves qui émettaient d'assommants plics-plocs.

« Jamais, dit Desmond avec feu, un concept n'a été poussé aussi loin. L'humanité ne peut pas continuer à ignorer une telle œuvre.

— Jusqu'à ça, confirma Santtu en montrant à nouveau son ventre ballonné. Pas de CO_2. Je suis parvenu à être *EZ*.

— Ton sacrifice est immense », approuva Desmond.

Il se tut. Sembla hésiter.

« Mais… il manque de pureté.

— Comment peux-tu dire ça ? » s'emporta Santtu.

Desmond se pencha vers lui pour capturer son regard dans le sien.

« Tant que tu émets du CO_2, tu n'es pas *EZ*, tu n'es encore qu'*E 0,00000000001*. Parce que tu respires. »

Santtu prit une profonde inspiration puis expira avec mille précautions. En effet.

« Va chercher Amos », souffla-t-il.

Deux jours plus tard, le cœur de Santtu battit de voir un cortège de plusieurs camionnettes s'acheminer vers lui. Des hommes armés de caméras en descendirent, le visage emmitouflé dans des foulards. Plusieurs vomirent et durent remonter dans les véhicules.

Amos Wong ouvrit de grands yeux devant l'être mi-homme mi-bête qui avait été le people le plus hype de l'île et dont la barbe, autrefois si caractéristique, puait et s'effilochait jusqu'aux genoux. Sa tunique était maculée d'un magma vert sur lequel rampaient divers cloportes. Ils se serrèrent la main. Santtu sourit. Il n'avait presque plus de dents.

« Tu vas avoir du bon, dit-il. Quelque chose de bien à montrer aux enfants…

— Sûr », fit Amos la gorge serrée sans lui lâcher la main.

Il ne lui dit pas qu'il était venu contre les ordres de la production. Celle-ci avait violemment rejeté le projet. On allait droit aux procès d'annonceurs pour conflit d'intérêts et de la part des auditeurs, les pires réactions étaient à redouter. Mais Amos n'avait pas oublié le tremplin que Santtu avait été pour sa carrière. Au temps de sa gloire, il lui avait donné l'exclusivité de chacune de ses performances. Comment le lâcher au moment ultime ? Là, sa main fiévreuse dans la sienne, il mesura le respect qu'il avait pour ce grand cinglé.

Il était censé faire son direct du Singapore Zoo où venait de naître un girafon. Quand il prendrait l'antenne ce serait tout l'un ou tout l'autre : la censure ou le carton.

Santtu partit se poser en tailleur devant sa bicoque. Amos se plaça face caméra.

L' index du chef opérateur tournoya.

À Helsinki, la famille de Santtu souhaita récupérer le corps.

La rétention de son dernier souffle et son effondrement raide mort sept minutes plus tard firent une audience remarquable, qui lui valut le statut de fierté nationale de la ville-État de Singapour, et à ce titre, d'être escorté par l'armée : au total, vingt-trois chars d'assaut, quatorze jeeps et une troupe de deux cents fantassins. Des salves de balles furent tirées dans les airs tout au long de son transfert jusqu'à l'aéroport, transfert couvert en exculsivité par Channel NewsAsia, qui déploya pour l'occasion un dispositif de Steadicam et d'hélicoptères.

En hommage, les gens s'étaient massivement habillés en écru, ou s'étaient vidé des poubelles sur la tête. Dans la foule agglutinée contre les barrières de sécurité, une frêle jeune femme au maquillage outré se faufilait pour apercevoir le cercueil juché sur les épaules des fantassins. Des ses yeux coulaient des larmes noires. Cent fois, Kikko était allée rôder autour de la décharge, mais elle était restée cachée de peur que Santtu ne lui reproche de se maquiller et de se laver de nouveau avec un sale shampoing. À présent, elle osait l'approcher. Elle parvint à hauteur du convoi. Elle tendit les mains. Un gros homme en costume froissé l'attrapa par le bras et la traîna comme un chiffon à rebours de la foule

Une douzaine de jeeps se rangèrent en épi sur le tarmac pour y déposer la corporation des musiciens de l'armée. Ils furent trente-deux cuivres et tambours à jouer l'hymne national pour introduire le discours du Président. Debout sur une estrade tendue de moquette bleue, celui-ci s'étendit longuement sur l'exemple et le sacrifice tout en s'arrangeant pour n'en rien dire.

Puis le cercueil fut embarqué en soute pour seize heures de vol, à côté des caisses d'avocats d'importation.

Fatouche sonna chez Maryse au moment où un garçon blanc au dos maigre et noueux sortait de la douche en dansant. Emeric aurait bien bu un peu du café qui finissait de passer, mais la bienveillance de Maryse à son égard vira à l'impatience exaspérée. Fatouche avait une tête terrible, même si elle se tenait digne dans l'encadrement de la porte, le pouce passé dans la lanière de son sac à main. Emeric négocia, ce qui lui valut de devoir enfiler son pantalon sur la palier.

« On se rappelle, dit Maryse en fermant la porte.

— C'était qui ? demanda Fatouche dans la rémanence after-shave de son départ.

— Rien, un mec. Qu'est-ce qui t'arrive ?

Fatouche s'assit. La cafetière ronflait grossièrement. Les inséparables de Maryse voletèrent. Leur cage suspendue à une poutre grinça. Silencieuse, Fatouche les observa alors qu'ils se collaient l'un à l'autre sur le perchoir. Lorsqu'ils se frottèrent bec à bec, elle éclata en larmes.

« Jipé…

— Quoi ? s'alarma Maryse.

— J'aurais soit-disant allumé le nouveau libraire et…

— Tu l'as fait ?

— Bien sûr que non. Il s'est allumé tout seul. Jipé est complètement parano. »

Fatouche fondit en larmes, accepta une feuille de Sopalin, sanglota dedans, se moucha avant de pouvoir dire :

« Il est parti. Depuis mercredi.

— Pourquoi as-tu mis cinq jours à me prévenir ? Tu sais que plus le temps passe, plus il se braque !

— Il est à l'Hôtel des Arts.

— Je vais y aller. T'inquiète.

— Ca ne te dérange pas ?

— Moins que de te voir comme ça.

— Je crois que je n'arriverais pas à vivre sans lui…

— Il n'en est pas question. »

Fatouche s'effondra sur sa tasse. Elle but une gorgée de café qui eut l'air de la calmer. Elle se redressa et lança « Et s'il avait raison ? Si c'était mieux comme ça ? », avant de fondre une nouvelle fois en larmes.

« Je ne sais plus…

—T'inquiète », répéta Maryse.

Fatouche était en retard au comité de rédaction du journal pour lequel elle écrivait des chroniques littéraires. Elle tenta de se redessiner des yeux dans le miroir du cabinet de toilette encore embué.

Maryse la regarda descendre les escaliers, flamboyante avec sa chevelure crépue explosive, le mordant de son pas, son corps délié.

« Jipé ne quittera jamais une telle femme », se dit-elle.

Elle appela son bureau et annula sa journée de travail pour cause de maladie.

En ce début radieux du mois de Juin, le bar de l'Hôtel des Arts, situé non loin d'une fac, était saturé de jeunes excités par la tension des examens et l'enfermement. Les deux coudes appuyés contre un comptoir de cuivre vert-de-gris, les lunettes à moitié remontées sur le front, Jipé pouvait passer pour l'un d'entre eux.

« je t'attendais, tu veux boire un truc ? »

— Sortons marcher plutôt. »

Ils croisèrent une petite blonde à queue de cheval à laquelle Jipé demanda :

« Alors, la philo ?

— J'ai totalement foiré. Le sujet était horrible, *Faut-il toujours saisir l'occasion ?*

— Il fallait traiter de la tension qui oppose le plaisir éphémère à un projet plus étendu. »

Jipé lui prit un cahier et un stylo des mains et brossa un plan sur une page vierge. La fille tira sur sa mini-jupe.

« Je ne pense pas avoir fait ça du tout. Pour l'oral de socio, obligé que tu me fasses réviser.

Maryse s'impatienta.

« On y va ? »

Il faisait chaud dehors.

« Ce n'était pas la peine de venir, tu sais, dit Jipé. Ça va très bien.

— J'ai vu, tu es dans le trip étudiant à fond.

— Je les aime bien, je les aide un peu.

Ils s'arrêtèrent sur un pont d'où ils surplombaient une voie rapide. Selon leur calibre, les véhicules qui s'y engouffraient émettaient divers sifflements. La mâchoire de Jipé se crispa.

« Je sais pourquoi tu viens mais c'est mort et enterré. Elle se fout de moi.

— Tu l'aurais vue ce matin chez moi, tu ne penserais pas ça. »

Jipé prit un ton narquois :

« Ah oui ? Et elle t'a dit quoi ?

— Qu'elle ne peut pas vivre sans toi.

— Elle a dit ça comme ça, « je ne peux pas vivre sans Jipé » ?

— Oui. »

Il ricana.

« Je n'y crois pas un instant.

— Tu n'imagines pas sérieusement qu'elle veut se taper le libraire ?

— Non, elle veut se taper le libraire, l'ostéo, le stagiaire…

— Elle est aphrodisiaque et c'est un terrible handicap. Mais le vrai problème c'est ta jalousie, ça…

Jipé la coupa gentiment.

—En fait, ta visite me fait beaucoup de bien, parce que tu me parles d'elle et ça ne me fait rien. Tu vas me dire que je triche avec moi-même mais non. Je suis totalement guéri de cette fille. »

Il prit Maryse amicalement par l'épaule

« Allez, assez parlé de ça, raconte-moi toi, ça va les mecs ? »

Il y avait trois messages sur son répondeur que Maryse écouta tout en nettoyant la cage des inséparables. Il fallait les attraper d'un geste rapide, avant qu'ils se méfient et les enfermer dans une boîte à chaussures dont le couvercle était percé de trous. Ils se débattirent comme des cœurs en état de choc. Le premier message était d'Emeric, qui se rencardait à tout hasard sur ce que la jolie boulette faisait ce soir. Le sobriquet l'ulcéra et elle procéda à l'effacement sans écouter la suite. Le second était de sa mère qui avait des œufs frais de la ferme, que Robert, son mari, bla bla bla. Le troisième était un appel raccroché. Quand elle relâcha les petits oiseaux dans leur cage, ils fuirent vers le haut perchoir et se serrèrent l'un contre l'autre, leur duvet agité de tremblements comme s'ils venaient d'échapper à un meurtre. Elle fit quelque chose qu'elle avait vu faire dans des films : elle se jeta sur le canapé et elle pleura.

La voix d'outre-tombe de Jipé réveilla Maryse au téléphone la nuit suivante.

« Est-ce que je peux venir ?

— Bien sûr », articula Maryse.

Elle secoua Emeric qui s'enroula autour d'elle avec des gémissements d'amour.

« Mon meilleur ami va mal. Tu dégages. »

Sur le pas de la porte, il l'embrassa en lui malaxant les seins avant de manquer de tomber dans les escaliers. Il était trois heures du matin.

Jipé était en proie à une crise de doute.

Il ne voulait pas boire ni manger, il ne voulait pas s'allonger, il ne voulait pas prendre de douche. Alors qu'il n'était pas fumeur, il sortit un paquet de Camel de sa poche et fuma une cigarette derrière l'autre. Emballée dans sa vieille robe de chambre, les cheveux en vrac, le menton appuyé sur une main, Maryse l'écouta.

« Je n'ai pas arrêté de penser à ce que tu m'as dit. Oui je suis jaloux, jaloux comme un fou, jaloux malade, jaloux à crever, de tout, même des copains qu'elle avait à la crèche. Je peux tout te dire, hein ? »

Maryse acquiesça.

« Elle me nique, Maryse, cette jalousie. Elle me fait gober que je n'aime plus ma petite Fatouche chérie… alors que si ça se trouve je l'aime…

— Ben oui.

— Tu crois, toi, que je l'aime ? Ça va mal depuis si longtemps…mais je suis seul coupable…un vrai con…un cornichon !

Il s'excitait.

— Je peux tout te dire, hein ?

— Je t'ai déjà répondu oui.

— Je ne peux pas lui faire l'amour, elle me tétanise. Ce que j'éprouve devant elle nue, c'est la catalepsie. Pouf, plus personne. Cette femme est le gourou d'une secte dont tous les mecs sont les membres turgescents potentiels, à l'heure qu'il est, elle est sûrement en train de pratiquer le prosélytisme…et ça me rend fou, tu comprends ?

Ce que Maryse comprenait, c'est que Jipé était complètement bourré.

« Il est évident, dit-elle, que tu es dans la fuite.

— Pas bête.

— Vu la situation, c'était impossible que tu ailles bien. Pas besoin d'être Freud pour voir que c'est du blindage..

— Et qu'est-ce que vous préconisez, madame, pour sonder l'amour des cœurs ?

— Que je vous arrange un rendez-vous. Tu ne lui a jamais parlé de tout ça ?

— T'es malade, non !

—Fais-le. Au pire si tu la quittes, ça sera le cœur net. »

Pendant quelques jours, Jipé oscilla entre des phases de rejet total et d'amour fou. Il voulut savoir exactement les mots que Fatouche avait employés, Maryse les romança copieusement. Elle subit aussi la pression de Fatouche qui lui téléphona une ou deux fois, anxieuse, pour lui demander quand Jipé accepterait de la voir.

« Il n'est pas prêt, laisse-moi faire. »

Pour forcer le « blindage » de Jipé, Maryse l'emmena à la salle de sport, chez le coiffeur et faire les soldes. Plusieurs soir de suite, elle vint à son hôtel. Au bar, elle rembarra durement la petite Sonia qui voulait se joindre à eux, elle incita Jipé à picoler et lui répéta comme un mantra que la crise était salutaire et marquait un cap.

« Une fois passée, je te jure que ton couple sera du béton. »

Une nuit, à l'heure ou le bar fermait, il déclara :

« C'est à cette femme et à nulle autre que je veux faire des enfants. »

Le lendemain matin, Maryse appela à Fatouche pour lui annoncer la bonne nouvelle.

Quand le téléphone sonna, Fatouche était en train de s'habiller. Elle choisissait une tenue qui lui permettrait d'être à l'aise pendant la journée et chic le soir, par l'effet d'un simple changement de chaussures. Elle répondit :

« Je ne peux pas trop ces jours-ci, je te dirai quand ça sera possible.

—Fatouche, j'ai réussi à le faire revenir à la raison mais il est dans un état fragile. Tu le connais, tu sais que si on attend…

— Mmm…, fit Fatouche distraitement en essayant des sandales à talons compensés devant le miroir. Pas ce soir en tous cas. Bon, ça reste entre nous, ce soir, je vois le libraire.

—Tu ne peux pas faire ça ! s'écria Maryse.

— Il a insisté et côté Jipé c'était silence radio.

— Tu pouvais lui laisser quelques jours !

— Je te rappelle qu'il m'a larguée. Mais ok pour le voir demain soir. Je pourrai mesurer mes sentiments à l'aune d'une expérience nouvelle. »

L'Hôtel des Arts, déserté par les étudiants pour le week-end, avait perdu l'agitation joyeuse qui avait rendu sympathiques à Maryse les murs jaunis et les tables bancales. Il était donc glauque, comme son humeur. Un ascenseur Art déco aux ferronneries crasseuses la hissa au deuxième étage où il stoppa dans un soubresaut. C'était la première fois qu'elle montait. Elle marcha dans le couloir mal éclairé et frappa au 23. Toute la journée, Jipé l'avait harcelée d'appels ayant pour objet : « Alors, le rendez-vous ? », jusqu'à ce qu'elle lui annonce qu'il était calé pour le lendemain.

Il l'attendait. Il lui prit les mains et les embrassa :

« Ma sauveuse ! »

Maryse était hantée par l'image qui se formait dans sa tête : Fatouche à califourchon sur le libraire. Jipé l'apprendrait et sa fureur n'aurait pas de limite, couple, amitié, tout serait anéanti.

Ils s'assirent, elle, angoissée, sur l'unique chaise, lui, plein d'espoir, sur le lit.

« Tu nous connais tellement bien Maryse, tu nous comprends mieux que nous-mêmes. Répétons la scène. Tu es Fatouche, je suis moi.

« Vas-y », dit Maryse la gorge serrée.

Jipé inspira et dit :

« Fatouche, si je suis un peu jaloux…

— Trop Jaloux.

— …trop jaloux, je crois que c'est lié à mon petit frère, que ma mère a toujours préféré. Un jour dans le bain, j'ai cherché à le noyer, tout le monde a cru à un acc…

—Ca ne va pas du tout, le coupa Maryse. Il vaudrait mieux en venir directement au fait. »

Elle trouvait sa maladresse touchante, elle pensa :

« Demain, mon pauvre vieux, face à Fatouche, quoi que tu fasses tu seras le perdant. A moins qu'on remette toute suite les compteurs à zéro… »

Elle se leva. Il soupira :

« Je ne sais pas parler de moi… Tu pourrais me relancer, tu pourrais m'aider, tu pourrais…

—Il faut faire comme ça. »

Elle se pencha et colla se lèvres contre les siennes.

Il roulèrent sur le lit.

Elle faisait ça souvent, avec des inconnus, elle se dit qu'elle pouvait bien le faire aussi pour aider ses meilleurs amis.

Maryse n'avait pas envisagé que l'odeur, le goût de la sueur angoissée de Jipé, sa main qui lui avait agrippé les cheveux, l'autorité avec laquelle il l'avait retournée face contre l'oreiller, puis fait glisser et plaquée à l'odeur d'antique poussière de la moquette, non, elle n'avait pas envisagé que cela puisse l'obséder à ce point. Quand il l'avait frappée, elle avait mordu le bras qu'il collait à sa bouche et il lui avait soufflé des mots salaces à l'oreille. Après, ils étaient restés longtemps l'un sur l'autre par terre.

Au retour dans le petit matin tout pépiant de chants d'oiseaux, elle faillit avoir un accident de vélo et se surprit à penser que seul un choc physique violent aurait le pouvoir d'arrêter le sortilège. Son corps troublé voulut faire demi-tour au lieu de quoi, elle rentra. Elle avait proposé que l'entrevue entre Jipé et Fatouche ait lieu chez elle, en zone amicale neutre. Elle voulait leur préparer un vrai nid d'amour, et aussi, chercher dans son agenda le nom de quelqu'un chez qui passer la nuit suivante. Emeric, ou n'importe quel autre mec.

En mettant une bouteille de champagne au frais, elle redressa la photo de Fatouche et Jipé qui s'obstinait à glisser le long de la porte du frigo dès qu'on l'ouvrait. Serrés l'un contre l'autre dans des parkas de couleur vive, ils souriaient au photographe : elle.

Elle fit le ménage, changea la litière des inséparables. Qu'est-ce que ça pouvait chier ces petites bêtes ! Puis elle épousseta les livres, lava au vinaigre les verres qu'elle trouvait opaques, passa l'aspirateur même sur les rideaux et changea les draps. Elle vaporisa un mélange d'huiles essentielles sur les oreillers. Par ces gestes, elle réaffirma l'amour de ses amis comme la condition première de son propre bonheur.

Vers dix-neuf heures, Fatouche arriva. Elle était plus belle que jamais dans une robe en maille de coton, juste retenue à la taille par une fine ceinture de cuir doré et des sandales plates de type spartiates dans lesquelles elle dépassait Maryse d'une tête. La porte était à peine ouverte qu'elle annonçait :

« Devine quoi. Je n'ai pas couché avec le libraire !

Maryse accusa le coup.

— Quoi…mais pourquoi ?

— Il me fait trop d'effet. Je me suis dit que si c'était trop dingue entre nous, il n'y aurait plus aucune chance que je retourne avec Jipé. De ce côté-là, ça n'a jamais été… bon, mais ce n'est pas l'essentiel, n'est-ce pas ? »

Elle s'ébouriffa les cheveux en se regardant dans la vitre du four et ajouta :

« Le libraire est sur les braises, on verra en fonction de comment ça tourne ce soir. »

Après avoir indiqué à Fatouche où étaient le champagne, le café et les serviettes de toilette, Maryse descendit les escaliers avec un sac à dos pour sa nuit chez Emeric. Avant de sortir de l'immeuble, elle se rendit dans le local à poubelles et vomit dans le bac vert, puis elle téléphona à Jipé pour lui donner le go. Avant de raccrocher, elle lui conseilla :

« Bois un coup, arrête de la sacraliser et fais-lui exactement ce que tu m'as fait hier soir. »

Le week-end suivant, par l'œil-de-bœuf, Maryse vit la grosse sphère jaune d'un bouquet de fleurs qui dissimulait une masse sombre qu'elle reconnut être la chevelure de Fatouche. Elle n'ouvrit pas. Le carillon tinta trois fois puis elle la vit se baisser puis s'engager dans les escaliers les mains vides.

Sur la carte qui accompagnait le bouquet, « *Merci pour l'effet des huiles essentielles…Je t'aime* » était tracé au marqueur. Elle ne répondit pas à la carte et se montra évasive lors des appels de Fatouche, de plus en plus rapprochés et pressants, puis de plus en plus rares, mais ne cessant jamais tout à fait.

Quand Fatouche se plaignait à Jipé : « Maryse n'est jamais libre quand je l'invite… », il haussait les épaules et répondait : « C'est la vie. ». Jusqu'au jour où elle apprit par la bande que Maryse avait pris un congé sabbatique d'un an et était partie sac au dos, avec Emeric, en Amérique du Sud.

Un an plus tard, elles se rencontraient dans la rue. Maryse était devenue rousse et elle avait minci. Fatouche l'invita à venir dîner chez eux pour entendre le récit de son voyage, mais Maryse s'annonça occupée jusqu'à une date indéterminée. Elles se rappelleraient.

« On a eu un enfant, dit Fatouche.

— C'est bien. Bon, salut »

Maryse tourna définitivement les talons. Fatouche resta plantée sur le trottoir, avec son envie de lui dire que son rire, sa présence câline, son amour pour eux, lui manquaient cruellement. Elle en arrivait à penser que les conflits pénibles que son couple rencontrait à nouveau, et qui avaient empiré depuis qu'elle avait cessé de travailler pour élever le bébé, étaient liés au fait qu'en définitive, Maryse avait été plus qu'ils ne l'avaient soupçonné leur point d'équilibre.

Quand l'enfant commença à marcher, la jeune mère fut prise de mélancolie. Elle avait beau l'adorer, tout mignon qu'il était avec ses éclats de rire et ses farces, elle avait de plus en plus souvent l'idée de fuir et, quand il sortirait sa tête de sous le coussin rose pour le vingtième coucou du quart d'heure, d'être déjà loin. Ce désir de plus en plus fort la terrorisait et, pour le neutraliser, elle multipliait les cajoleries et les distributions de bonbons. Un laxisme forcené alternait avec des crises d'autoritarisme maniaque. L'enfant était très capricieux. Vis-à-vis de Jipé, elle devint jalouse elle aussi, et soupçonneuse. Elle était irritable, ses colères s'abattaient sur les êtres comme sur les objets. Particulièrement, les pages littéraires des magazines déclenchaient ses foudres ; elle jugeait les articles affligeants, ni faits ni à faire et prenait à témoin le petit Elliot avec une virulence qui le faisait éclater en larmes.

Un jour, elle commença à aller si mal, qu'elle devint obsédée par l'idée de retrouver sa bouffée d'air frais, son amie Maryse, celle à laquelle elle s'accrochait déjà adolescente quand elle avait des accès de désespoir. Maryse était toujours joyeuse, toujours partante, capable de faire tourner n'importe quel drame à la rigolade. Cette fille-là savait la sauver d'elle-même. Pour trouver le courage d'aller sonner à sa porte, Fatouche se persuada que leur éloignement n'était dû qu'aux aléas de l'existence et ne recouvrait rien de sérieux.

Elle n'avait personne par qui faire garder Elliot et de toutes façons, pas d'argent pour payer. Elle l'emmena avec elle.

Le code n'avait pas changé, si les habitudes de Maryse n'avaient pas changé non plus, elle ne travaillait pas le vendredi et elle serait là.

« On va voir Tata Maryse, dit-elle joyeusement à Elliot. Tu vas voir, elle a de beaux oiseaux.

— Zoiseau ? » répéta le bébé pendant qu'elle le portait dans les escaliers.

Elle reconnut l'odeur d'encaustique et d'humidité, l'ampoule vacillante, et enfin, au troisième, la petite porte derrière laquelle son destin s'était joué. Elle y cogna au rythme de son cœur, éprouvé par l'émotion et l'ascension des étages. L'air de Duke qui traversait la cloison la réconfortait déjà. La porte s'ouvrit sur une Maryse, maquillée, en robe de chambre soyeuse, que la surprise laissa bouche bée.

« Zoiseau ? demanda Elliot.

— Je voulais tout de même que tu le connaisses », dit Fatouche sur un ton d'excuses.

Elle lâcha le petit par terre et il courut à la conquête de ce nouvel espace à découvrir.

« Tu aurais pu me prévenir, dit Maryse.

— Quand je te préviens, tu ne peux jamais. Au moins, tu es là. »

Fatouche prit son amie dans les bras et elle sentit son corps répondre imperceptiblement à sa tendresse avant de s'écarter.

« J'allais sortir.

— Juste cinq minute », supplia Fatouche.

Elle parla vite, sentant son temps de parole rationné :

« J"ai cru que Jipé et moi, nous touchions enfin au ciel. Quelque temps, ça a été fou, je ne savais pas qu'une telle façon de faire l'amour puisse exister, et puis la réalité nous a rattrapés, il est dur, tellement jaloux… mais il est trop tard. »

Sur ces mots, elle montra le petit qui venait de découvrir la cage et qui s'écriait :

« Zoiseau ? Zoiseau ? »

La cage était vide.

« Ils ont été mangés par le chat de ma mère » dit Maryse à Elliot.

Puis elle regarda Fatouche dans les yeux.

« Je suis désolée, je ne peux pas t'aider, je ne me suis que trop mêlée de vos histoires. »

Déjà passé à autre chose, l'enfant escalada un tabouret es-cabeau d'où il fit tomber une pile de livres .

« Elliot ! » siffla Fatouche en se levant. Elle l'aurait giflé.

« Ce n'est rien, il est petit », dit Maryse.

Elle se leva tranquillement pour aller ramasser les livres. La ceinture de son déshabillé glissa et dévoila un ventre dont la forme ne laissait aucun doute sur le fait qu'il abritait un enfant.

« Tu es enceinte ! s'exclama Fatouche. Mais c'est génial ! C'est vrai, pardon, je ne t'ai même pas demandé comment tu…

Le petit jeta son dévolu sur une corbeille pleine de chaus-sures qu'il renversa. Il shoota dans une sandale qui roula sous un meuble. Fatouche se mit à rire. Maryse allant avoir un enfant, elle ne se sentait plus obligée de contrôler le sien, elle plaisanta :

« Tu verras bientôt ce que c'est d'avoir un monstre chez soi ! »

Elliot abandonna les chaussures et se mit à fureter en quête d'autres découvertes. Il se hissa sur la pointe de ses baskets pour s'attaquer à la poignée de la porte de la chambre

« Non ! » fit Maryse.

Il avait déjà ouvert la porte, il tendit les bras, s'élança à l'intérieur en s'écriant : « Papa ! ».

Le bienfaiteur de l'ombre

A treize heures, Lotte est venue et elle lui a jeté le porte-document jaune à la figure. Les feuilles ont volé. Henke a dit :

« D'où sors-tu ça? c'est lui, hein, ce connard, qui te l'a donné ! »

Il a attrapé le poignet de sa fille qui brandissait son poing serré à quelques millimètres de sa figure. Elle a hurlé qu'il lui faisait mal et lui, a hurlé en retour qu'il allait lui expliquer.

« Pourquoi, est-ce que tu te mêles de ma vie ? »

Le chien de Lotte aboyait furieusement contre lui. Henke aboyait plus fort :

« Pour que tu cesses de la gâcher ! »

À essuyer le maquillage qui débordait en rigoles noires de ses yeux, elle a zébré sa figure de traces sombres.

« C'est fini », a-t-elle dit, les lèvres et les poings serrés comme lorsqu'elle le défiait petite.

Et puis elle a disparu dans une voiture miteuse qui l'attendait, moteur ronflant et qu'a fait démarrer un drôle de type dont Henke n'a vu que les dreadlocks onduler comme des algues sur ses épaules tatouées. Vacillant sur le perron de la maison, il a serré si fort la rampe en fer forgé qu'il a eu du mal à en décrocher ses doigts. En partant, Lotte avait piétiné son ombre longue, pitoyable et immatérielle, qu'il a tirée vers la maison derrière lui, comme une lourde traîne. Sa femme Marthe, qui s'était tenue en retrait pendant toute la scène était partie arroser ses parterres de fleurs. Le jardin est son refuge. Henke ne supporte pas les larmes qu'il appelle « chantage de bonne femme », alors que les fleurs, elles, s'en nourrissent.

Son refuge à lui, c'est son bureau . Depuis qu'il est retraité, il s'y retire comme pour s'occuper d'affaires pressantes alors qu'il n'y fait rien que trier des papiers déjà triés et s'ennuyer. La monotonie des journées n'est distraite que par les petites attentions de Marthe : à onze heures, une citronnade, a midi trente, un appel à table, puis un goûter et sa préférée, à la nuit tombée : venir allumer sa petite lampe, sachant qu'il ne l'aura pas fait.

Un coup d'oeil à la pendule lui indique qu'il est dix heures vingt-cinq. Il se pose sur sa chaise Régence. Sur son bureau gainé de cuir, une pile d'enveloppes côtoie les faire-part de mariage de Lotte et Daniel sur lesquels il a commencé à composer un mot personnel pour chacun des invités. Il prend la première carte de la pile, du velin d'Arche pur fil gravé de lettres d'or, il dévisse le bouchon de son stylo plume et écrit *Annulé* et puis, malgré lui, sa main poursuit et fébrilement questionne *Suis-je coupable?*

A un an et demi de là, Henke avait fait la connaissance de Daniel au cercle sportif. Malgré leur différence d'âge, deviser en slip dans les vestiaires les avait rapprochés. Pour être honnête, c'est le jeune homme qui s'était intéressé à lui, admiratif de la fermeté de son corps, le pressant de questions. Henke avait évoqué un thème qui lui tenait à cœur : la force du mérite. Ce qu'il appelait « la donne de départ » n'était pas une fatalité, la preuve en était sa réussite, en dépit de la situation modeste de ses parents, par l'acharnement qu'il avait mis à être toujours le meilleur. Puis il en était venu à parler de la préoccupation majeure de sa vie : sa fille. Après les machines, rameur pour Daniel, tapis de course pour lui, et la douche commune, le rituel s'était instauré entre eux de s'en jeter un au Club House. Des verres de bière tournaient dans leurs mains. Daniel n'avait bientôt plus ignoré grand chose du parcours chaotique de Lotte : échec scolaire, drogue, séjours à l'hôpital et depuis, une vie dissolue, inconstruite, qu'elle menait ou plus exactement, qui la menait à la catastrophe.

« J'ai tout fait pour elle, pourtant.

— Elle travaille ?

— Comme serveuse, à l'Alhambra , tu vois le genre. À vingt-sept ans, elle n'a pas de diplôme, rien, elle vit comme une adolescente, précaire, avec toujours un projet foireux en tête.

— Du genre ?

— Ecouler des stocks de faillites sur les marchés, faire le chauffeur pour les jeunes bourrés le week-end, élever des chiens pour aveugles…

— Je ne sais pas, je ne suis pas père, mais… tu devrais l'aider.

— Ha ! fit Henke, si seulement je le pouvais. »

L'intérêt du jeune homme l'avait surpris, cet air rêveur qu'il prenait, comme s'il lui racontait des histoires du plus grand exotisme. Il avait eu la faiblesse de croire que c'était une forme d'empathie à son égard. Il s'était laissé aller à la complainte et plus il peignait le portrait de sa fille, plus lui était cruelle l'injustice d'avoir à se traîner un tel boulet.

« Est-elle malheureuse ? demanda Daniel.

— Est-on malheureux quand on fonce dans le mur ? »

Et puis un jour, Daniel avait choqué son verre contre le sien en disant :

« Elle est super, ta fille. »

Puis, voyant sa tête.

« Et bien, pourquoi cet air étonné ?

— Je m'étonnes que tu le saches ! » Daniel s'était mis à rire et Henke se souvient s'être senti jaloux de ses dents parfaites.

« Après le portrait que tu m'en as fait, je voulais la voir en chair et en os. Je suis allé à l'Alhambra. »

Non, à bien examiner les faits, Henke ne peut pas dire avoir fait quoi que ce soit pour favoriser une rencontre entre sa fille et ce foutu beau garçon. Daniel s'était rendu à l'Alhambra par curiosité et il n'avait pu s'empêcher d'y retourner chaque soir tant il s'était senti attiré par Lotte. « Elle a quelque chose de sauvage. »

Un jour, au lieu de se séparer comme à l'accoutumé devant le centre sportif, d'un pas avide, Daniel avait suivi Henke. C'était une des premières journées de redoux après un hiver rigoureux. Un timide rayon de soleil annonçait un printemps précoce et les bourgeons, leurrés par la température, éclataient. Daniel n'avait fait que parler d'elle : Lotte et son rire, Lotte et sa façon désinvolte de s'appuyer sur les tables, Lotte et son côté insaisissable.

« Je crois que je ne l'intéresse pas… avait-t-il confié.

— Tu es trop parfait, avait fait remarquer Henke en riant, elle n'aime que les ratés.

— Je n'ai pas réussi à lui parler. Ce pub, c'est l'enfer, un endroit pour les sourds. C'est musique garage jusqu'à plus soif.

— Sous ses airs je m'en-foutiste, ma fille a des goûts de bourgeoise. Je ne l'ai jamais vue refuser un plateau de fruits de mer au Capitol. C'est là que son grand-père l'emmenait petite. Mais je ne t'ai rien dit.

— Le Capitol, tu déconnes, je n'ai ni les moyens ni le costard ! »

Le bureau d'Henke est une petite pièce surchargée d'objets, pour la plupart offerts par des fournisseurs : sous-main en cuir gravé, objets utiles de bronze, insectes irisés pris dans des masses rondes de verre, coupe-papier, dévidoir à ruban adhésif, distributeur de trombones, presse-papier en forme d'aigle. Sur une étagère, adossé à des manuels de finance, trône un portrait de Lotte déguisée avec la somptueuse robe de mariée de Marthe. Elle avait huit ans. Comme elle était jolie ! Son cœur s'enflammait déjà pour toute sorte d'hurluberlus : son prof de gym, le coiffeur de sa mère et autres pékins minables. Sur le cliché, la fillette charme le photographe comme une amoureuse de roman russe - qui a pris cette photo ? Lui peut-être, il ne se souvient plus. À force de traîner cette robe partout, Lotte avait fini par la déchirer et Marthe l'avait jetée, il en avait eu du chagrin.

« Ne peux-tu la donner à recoudre ?

— Penses-tu, cette vieillerie ! » avait-elle dit.

Le mariage… avant de mépriser cette institution conservatrice, la fillette en avait rêvé… comme d'être veterinaire ! Exactement ! Vétérinaire ! Elle ne cessait de pleurer pour avoir un chien ! Marthe avait plaidé sa cause, mais Henke avait tenu bon.

À l'horloge, onze heures vingt-cinq. Cela fait une heure qu'il est dans son bureau. La citronnade n'arrive pas. Il n'ose pas appeler. Il se rend dans les cabinets attenants à son bureau. La maison est silencieuse. Marthe doit toujours être en train d'arroser les fleurs de ses larmes… Il lape l'eau au robinet du lave-main comme un chien.

Il se souvient que suite à la balade avec Daniel, il s'était senti tout guilleret. Après quelques protestations, le garçon avait accepté les billets de banque qu'il avait fourrés en boule dans sa paume afin qu'il « ne soit pas freiné par une bête question matérielle ». Il fut sur des charbons ardents tout le reste de la journée et le soir l'avait vu dans un tel état de nervosité que Marthe s'était alarmée.

« J'ai quelque chose à te dire, mais tu n'en parles pas à ta fille, tu gâcherais tout : un garçon est tombé amoureux d'elle, avait-il dit.

— Bon, ce n'est pas la première fois qu'elle plait à un homme, avait-elle répondu.

— Pas un comme celui-ci, tu le verrais, c'est… un carton plein. »

Il lui avait raconté l'histoire, en omettant de mentionner son petit cadeau.

« Ne t'emballe pas, quoiqu'il arrive, tu sais bien qu'elle les quitte.

— Pas celui-là. Tu verras, c'est le bon. »

Elle s'était moqué de lui.

« Bien, si tu l'aimes, c'est le principal ! »

Quand Henke avait revu Daniel, il était pâle et ses yeux brillaient de fièvre.

« Alors, résultat des courses ? Le Capitol ?

— Je ne sais pas comment te remercier Henke . Ca a été une soirée…

— Tu vois, au premier abord, on ne s'en douterait pas, mais elle apprécie la qualité. L'éducation a ses valeurs indélébiles. »

De ce jour, l'argent se mit à passer d'une main à l'autre, sans un regard, comme si ça n'avait pas lieu. Dans les vestiaires, les deux hommes commentaient leurs performances aux machines tandis que leurs mains menaient leur propre vie et leurs propres transactions, indépendamment d'eux.

Marthe fut mise au courant par sa fille qu'elle avait fait « une rencontre », un garçon « extraordinaire » qui pour une fois, leur plairait. Il était « un jumeau d'âme », la comprendre à ce point, dans le moindre de ses désirs, c'était ça, la magie de l'amour.

« Tu te rends compte ? avait dit Marthe à Henke. Il devine même qu'elle aime les tulipes perroquet et le savon à la tubéreuse !

— A ton âge, avait souri Henke, tu crois encore à ce genre de contes de fées ?

— Que veux-tu dire ?

— Il n'a pas inventé cela tout seul.

— Ce n'est pas toi tout de même qui…

— Mais enfin, il faut bien aider la vie! »

Elle avait éteint l'eau et interrompu sa vaisselle

« Arrête ça tout de suite, Henke, ne t'en mêle pas!

— Toi ne t'en mêle pas. Avec tes idées soit-disant progressistes, ton influence sur elle n'a été que trop dévastatrice ! Il l'avait singée : « Vis ta propre vie, n'écoute que ton coeur, gna gna gna et regarde la ! J'essaye de réparer les dégâts, c'est tout ! J'aurais dû le faire bien plus tôt. »

Elle avait jeté son éponge dans l'évier et était partie se réfugier dans le jardin et comme elle ne lui parla plus pendant trois jours, il se félicita de ne pas s'être vanté de sa participation financière.

Midi quarante-cinq déjà ! Pas étonnant que son estomac gronde et se torde. Un vieux bonhomme a besoin de repas à heure fixe, Marthe le sait. Le déjeuner n'est jamais servi plus tard qu'à midi vingt. Que fait-elle? Henke se sent abandonné et misérable. La pensée lui vient que Marthe le croit peut-être parti. Il ne l'a pas prévenue qu'il se retirait dans son bureau. Lourdement, il se lève. Il a la tête qui tourne. Il ouvre la porte. « Marthe ? » Sa voix résonne sur le marbre du sol. Cette maison a toujours été sonore et l'achat de nombreux tapis, les plus moelleux à travers le monde, n'ont jamais réglé le problème. Aussi, il entend parfaitement les talons de Marthe qui se déplace à l'étage, et qui fredonne Eleanor Rigby. Son coeur se met à battre, comme s'il était un voleur alors qu'il se glisse dans la cuisine et chaparde du pain, une cuisse de poulet et une banane. Il ressort avec son butin. Traqué comme un renard au sortir d'un poulailler.

N'est-il pas naturel qu'un père se préoccupe de l'avenir de sa fille ? Quand, au moment où le couple avait parlé de s'installer, Daniel avait avoué à Henke qu'il venait de se faire licencier, le vieux bonhomme n'avait écouté que son cœur. Celui-ci lui disait que ce n'était pas le moment que la chance manque à Daniel d'être reconnu à sa juste valeur. L'heure était révolue des petits pourboires, il fallait assurer un avenir au garçon.

Bien que toujours actionnaire principal de La Fabrique, entreprise qu'il avait créée, Henke n'y apparaissait plus que pour les comités de direction où il était convié à titre honorifique. Par la conservation de la majorité de blocage, il s'était réservé le pouvoir, ainsi, la retraite lui était moins pénible. Il

s'était rendu à l'improviste le principal fournisseur de La Fabrique, Eyck et Fils, . Il y était si connu que le voyant arriver,
la standardiste toute tremblante avait fait mander le dirigeant
sans lui faire l'affront de lui demander qui il était.

Le fils Eyck était quelqu'un avec qui on pouvait s'entendre.

« J'ai un jeune garçon auquel je crois beaucoup et j'aimerais que vous l'embauchiez à la tête de votre service client.

— Comme vous y allez, Henke. Il y a quelqu'un en place,
dit le jeune PDG par delà son grand bureau.

— Ne me la faites pas Francis, je sais bien que le mouvement en interne fait partie de votre politique. Il est temps
pour votre gars d'être déplacé, voilà tout.

— Peut-être… fit l'homme en tenant d'un doigt l'arc de
ses lunettes alors qu'il penchait la tête pour cxaminer le CV
de Daniel. Mais je doute que votre monsieur de Decker ait
les qualifications pour le poste.

— Il ne tient qu'à vous qu'il les ait.

— Ça prendrait trop de temps avant qu'il soit rentable.

— Combien faites vous de chiffre d'affaires avec La Fabrique ?

— Henke, que je vous dise oui ou non, je suis cuit.

— Je comprends votre problème. Combien faudrait-il de
temps pour former monsieur de Decker?

Francis Eyck avait encore examiné le CV, comme s'il eut été rédigé en chinois et avait fait exécuter à sa bouche une série de grimaces avant de répondre :

« Bien trois ans. »

— J'assurerai son salaire sur cette periode.

Henke tendit la main. Après un long moment, Eyck s'en saisit et se laissa secouer le bras.

« Qu'est ce que c'est que ça ? avait demandé Marthe en le voyant rentrer avec un porte-documents jaune sous le bras. Tu as repris les affaires?

— Peut-être, en tous cas, ce sont les miennes.

Henke avait enfermé vite fait le dossier dans son secrétaire, puis il avait décroché son téléphone.

« Garçon, la chance nous sourit. Il se trouve qu'une de mes connaissances recherche exactement ton profil. Tu as un entretien demain à neuf heures. Mon petit doigt me dit que le job est pour toi. »

Daniel et Lotte s'étaient installés et l'année qui avait suivi, ils avaient multiplié les visites « aux parents ». À la première, Marthe avait attiré Henke dans le jardin et avait dit trouver étrange que Daniel et lui fassent mine de ne pas se connaître.

« Tu le sais, tout ce qui vient de moi est mal pris ! N'allons pas risquer son bonheur pour un détail, avait rétorqué Henke.

— J'aurais voulu que son bonheur ne dépende pas d'un homme » avait-elle soupiré, mais son mari s'était éloigné. Il n'y avait plus eu que les fleurs pour l'écouter.

Régulièrement, au téléphone, Lotte faisait des compte-rendus à sa mère sur la façon dont Daniel la gâtait. Il lui offrait chaque semaine des tulipes perroquet, il l'avait emmenée à Séville, il lui avait offert un chien. Un chien, se rendait-elle compte ? Un chien ! En ce moment-même, il était dans la voiture, mais oui, ils avaient une voiture, une petite bombe décapotable qui allait à cent mille à l'heure, elle adorait ça ! Elle avait abandonné son emploi à l'Alhambra et il lui était enfin venu des manières distinguées, dues à des visites fréquentes chez le coiffeur, à ses dents, qu'elle avait entièrement fait refaire, à ses vêtements de prix mais surtout, à la capitulation de ce qui avait été un perpétuel état de révolte.

« De lui, tu acceptes tout ce que tu as refusé de nous », avait constaté sa mère un jour, mais devant la réaction de sa fille qui lui rappela dangereusement le passé, elle avait décidé de s'abstenir dorénavant de toute réflexion.

Elle se prit à penser que, comme toujours, Henke avait pris les bonnes décisions. Elle s'était reproché d'avoir eu tant de scrupules. Ce qui comptait, n'était-ce pas ce sourire, cette joie, cet amour qui comblait sa petite fille ?

L'autre dimanche, après avoir déjeuné chez eux, Lotte était sortie balader Yori, son petit Russel Terrier. Le savoir seul dans la voiture, tout couinant, guettant avec espoir son retour, lui brisait le coeur et il ne se passait pas une heure sans qu'elle parte s'en occuper.

« Il ne peut pas comprendre que je ne l'abandonne pas. »

Marthe avait fini la vaisselle ; en passant dans le couloir, chargée d'un plateau où fumait une odeur douçâtre de café de Colombie, elle avait entendu, assourdie, provenant du bureau, la voix sèche d'Henke :

« Question de principe.

— Question de mouvement, Henke, c'est mon affaire. »

Elle se positionna de sorte à voir par l'entrebaillement de la porte.

« Un peu de trac avant de s'engager, c'est banal. Si l'argent est un frein, tu sais bien que…

— Non. De ce côté ça va bien, merci.

— Alors quoi ?

— J'ai peut-être envie… de perspective. »

Henke était devenu rouge, comme si un noeud coulant comprimait sa gorge. Marthe effrayée avait failli entrer pour déboutonner sa chemise. Quelque chose l'avait retenue, elle était resté tapie dans l'ombre d'elle-même.

« Sais-tu comment ça s'appelle ce que tu fais ? »

Daniel avait jeté un bras contre le dossier de son fauteuil et croisé une jambe par dessus l'autre.

« Le libre arbitre, peut-être ?

— Jouer avec quelqu'un, jeune homme, et il se trouve que ce quelqu'un est ma fille.

— Qu'est-ce que c'est supposé me faire ?

— Tu sembles oublier ce que tu me dois.

— Lotte a bien changé. Elle se révèle sacrément depensière depuis que je travaille. Si on faisait les comptes tu pourrais constater que tu es devenu mon débiteur. »

De part et d'autre, les mots se tendaient.

« Ne t'en mêle plus Henke.

— Tu crois ? Par tact, j'avais décidé de ne pas t'en informer, mais puisque tu insistes…

— M'informer de quoi ? »

Henke s'était levé vivement pour ouvrir le secrétaire fermé à clef. Il en avait sorti le porte-documents jaune pour l'abattre comme un carré d'as devant Daniel. Son visage s'était desempourpré, il souriait.

« Tu veux savoir qui est ton véritable employeur? »

Le jeune homme avait compulsé le dossier. Henke passait sa langue sur ses lèvres d'un air guoguenard en le voyant se décomposer.

« Instrutif, non ? »

Un silence, pendant lequel Henke tourna les pages de son agenda. Une réponse dans la gorge serrée de Daniel :

« Je vois.

— Fixons le mariage pour le 22 mai, avait conclu Henke. »

« Qu'as-tu fait ? », avait-elle hurlé quand la dernière bise aux enfants avait été donnée et que ceux-ci avaient embarqué dans leur bolide avec quelques restes du repas bien emballés.

« Henke, qu'as-tu fait ?

— De quoi parles-tu ?

— Qui est l'employeur de Daniel ? »

Henke avait répondu sèchement.

« Tu as espionné ? Je l'ai fait embaucher chez Eyck et fils, voilà tout.

— Eyck et fils, et alors ?

— Il me doit son poste. Il me doit le respect. »

Marthe s'était approchée tout près de lui, l'avait attrapé par le revers de sa veste et s'était mise à le secouer, en proie à une crise d'urgence.

« Il ne l'aime pas, Henke, il ne l'aime pas ! Je l'ai vu la repousser dans la cuisine alors qu'elle cherchait à l'embrasser. Ils ne doivent pas se marier. »

Henke s'était dégagé.

« Et alors, moi non plus je ne t'aimais pas quand on nous a mariés, et regarde comme nous sommes heureux ! »

Plus tard, de retour dans son bureau, il avait eu un méchant coup au cœur qui l'avait obligé à s'asseoir et user de toute sa volonté pour stopper l'ascension d'une crise de panique : Daniel avait embarqué le dossier jaune. Quel crétin ! Et en ce terme, il s'était nommé aussi lui-même, oui, lui, ce crétin, qui l'avait laissé à disposition sans aucune précaution !

Les jours où le ciel est dégagé, en fin d'après-midi, le soleil rase les toitures du quartier, se glisse dans le bureau d'Henke et le baigne d'un éclat mordoré qui confère au mobilier une dignité royale. Il arrive qu'Henke aille chercher sa femme et qu'ils s'en émerveillent ensemble. Mais aujourd'hui, Henke est seul à contempler ce spectacle. Seul à se remémorer la joie de Lotte, quand elle était passée « entre-deux » quelques jours plus tard, les yeux brillants, les joues roses, presque jolie. Sa voix était celle d'une petite fille à qui on viendrait d'offrir un cadeau inespéré. Elle s'était jetée dans les bras de son père. Il gardait encore la sensation de son corps, vibrant de bonheur.

« Daniel m'a demandée en mariage ! Oh, comme je l'aime ! »

Son père avait senti à cet instant qu'elle et lui pourraient oublier les années noires et leur rancune mutuelle. La joie, la normalité, les petits enfants, tout cela les effacerait. Lotte avait pressé sa mère de venir faire les magasin avec elle, de l'aider à choisir sa robe, à faire des essais de coiffure…elle voulait réserver à Daniel la surprise totale.

Au déclin du jour, il y a un moment de bascule très particulier où il devient inéluctable que l'extinction ait lieu. C'est l'instant où les chiens, les bébés hurlent d'angoisse. C'est le moment où les vieux schnock comme Henke pensent à la mort avec appréhension, mais aussi avec un certain désir.

« Je n'ai voulu que son bonheur, plaide-t-il à voix haute. Daniel est un sombre connard ! Faire ça à ma fille, ma petite fille… »

Il écoute sa voix résonner dans la pièce assombrie. La teinte violette qui tient lieu de révérence au jour tait ses dernières lueurs. L'heure est passée où habituellement, Marthe entre comme une souris et vient presser l'interrupteur de sa lampe de bureau pour projeter son halo orangé sur les papiers, comme un coucher de soleil en miniature. Elle a l'habitude de le gronder tendrement *Henke, tu ne t'aperçois jamais quand la nuit tombe*, il a l'habitude de hausser les épaules comme s'il se préoccupait de choses bien plus importantes que d'y voir clair. Ce soir pourtant, il aimerait tant. Il guette mais n'entend aucun pas venir.

« Marthe…il fait noir », murmure Henke douloureusement.

Elle va venir, il suffit d'attendre. Elle ne l'a jamais laissé dans le noir. »

Le temps ne passe plus. La nuit fige le monde.

Il se réveille parce qu'il a froid. A cause de son âge et de la position dans laquelle il s'est endormi, il met un temps infini à pouvoir bouger la tête pour regarder la petite horloge. Six heures dix. La promesse du jour nouveau ragaillardit sa pensée. Marthe a tort. C'est Lotte qui, d'une façon ou d'une autre, finit toujours par se mettre à dos les hommes avec lesquels elle couche. Qui sait l'attitude qu'elle a pu avoir pour qu'un formidable garçon comme Daniel en vienne à de tels extrêmes. Malgré tous ses efforts, lui, son père, n'a rien pu contre le démon qui est en elle et qui ruine sa propre vie comme celle des autres. Non, il n'est pas question qu'il la laisse mettre en péril le couple fantastique qu'il forme avec Marthe. Comme tant de fois par le passé, le couple resistera à l'instinct destructeur de sa fille. Il se lève et c'est un effort surhumain. Il entre dans la cuisine et prépare un plateau, du café, des biscottes beurrées, la confiture d'oranges amères qu'allez savoir pourquoi, sa femme aime tant. Le voilà montant allègrement les escaliers, soutenu par la foi immense qu'il a en leur amour. En entrant dans la chambre, il est surpris de la deviner assise sur le lit, habillée, son manteau et son sac posés sur ses genoux, sage silhouette dans le gris de la nuit mourante. Il demande :

« Et bien, que fais-tu ?

— Le dossier jaune, c'est moi qui l'ai donné à Lotte. »
Henke ferme les yeux . Le jour se lève.

Table des matières

Pattes de laine...9

Bluesy Dreams..37

Empreinte Zéro...61

Inséparables..83

Le bienfaiteur de l'ombre................................103

Bio

Auteur, parolière, Sylvie Arditi a écrit le conte musical poétique et visionnaire Docteur Tom ou la Liberté en Cavale, interprété par Vanessa Paradis, Thomas Dutronc, Arthur H, Alain Souchon, Natalie Dessay…et de chansons pour Feloche et Thomas Dutronc. Elle est également réalisatrice son pour le groupe Nova.

Bontés Violentes est son premier recueil de nouvelles.

Suivez-la sur son blog troisrouges.com.

Merci

Anaël Verdier
Brigitte Hue-Pillette, Franck Cambon, Marie-France Richard
Christophe Palatre
Alfred et Louison Palatre
ZaiZai Giami et la team Novaspot, Anne Voison et sa classe de 3ème, Nicole Deshaies, Jean-Claude Arditi, Isabelle Bergeron Raphaël Elig, Gaby Concato.

Sxip Shirley pour la traduction des répliques de Jo B.

Ceux dont les bontés violentes ne cesseront jamais de me fasciner.

Cet ouvrage a été achevé d'imprimer en Juin 2016
Dêpot légal Juin 2016

Ce livre auto-publié a besoin de vous, si vous l'aimez, dites-le sur la plate-forme où vous l'avez acheté.

Composition: Sylvie Arditi
Artwork : Victor Laubier
Création visuelle : Widokotra

9 791096 212019